Balkenkind

Für Jan

unseren wunderbaren, quietschfidelen Sonnenschein

Sabine Brömmer

Balkenkind

Isolierter Balkenmangel bei unserem Kind

Ein Erfahrungsbericht

Bibliografische Information der Deutschen Nationalbibliothek:
Die Deutsche Nationalbibliothek verzeichnet diese Publikation in der Deutschen
Nationalbibliografie; detaillierte bibliografische Daten sind im Internet über
http://dnb.dnb.de abrufbar.
© 2015 Sabine Brömmer
Satz, Umschlaggestaltung, Herstellung und Verlag: BoD – Books on Demand
ISBN: 978-3-7386-8523-7

Inhalt

Vorgeschichte

Ich war Mitte dreißig, erfolgreich in einem akademischen Beruf und gut etabliert am Rhein, wohin es mich nach der Ausbildung und einigen befristeten Arbeitsverträgen gezogen hatte. Ich mochte meinen Job, den Umgang mit ganz verschiedenen Menschen, meine Umgebung mit Rhein, Mosel und all der Kultur und Natur, die sie zu bieten hatte, meine Wohnung mit Fernblick. Mir ging es gut.

Was mir zu meinem Glück fehlte, war ein Mann, und zwar nicht irgendeiner, sondern jemand, mit dem ich mir ein Nest bauen und Kinder haben konnte. Das wollte ich schon immer, oder sagen wir, seit ich die Ausbildung und die darauf folgenden Wanderjahre hinter mir hatte und mit einem unbefristeten Arbeitsvertrag beschenkt worden war. Die biologische Uhr tickte. Noch nicht allzu laut, aber wenn ein mitfühlender Zeitgenosse oder eine nicht ganz so gute Freundin mal wieder die berüchtigte Frage gestellt hatte: »Und, bist du jetzt auch verheiratet?«, dann war das Ticken fast schon ein Hämmern. Besonders schlimm war es, wenn ich zu Besuch bei meiner Familie in der ostdeutschen Provinz war, was ich, so oft es ging, zu vermeiden suchte. Hier war ich in aller Konsequenz »Fräulein B.«, gelegentlich sogar »Fräulein Sabine« – die Fünfziger ließen grüßen. Ohne Ehemann kein Frausein.

Und dann kam er doch noch, an einem sonnigen Frühlingstag in einer barocken Residenz mitten in Deutschland. Ich hatte eine Weile im Hof des Schlosses auf einem Brunnenrand gesessen und wartete auf den Beginn der nächsten Führung. Ein Mann kam auf mich zu, ein kleines Mädchen an der Hand. »Bist du Monika?« Nein, war ich nicht. »Bist du sicher?« Doch, schon, und ziemlich amüsiert über die kreative Anmache. Vielleicht suchte der arme Kerl aber auch sein blind date, mit dem er genau da verabredet gewesen war, wo ich jetzt saß. Ich sollte es nie erfahren.

Irgendwie muss die verfehlte Kontaktaufnahme aber doch auf mich abgefärbt haben, denn als die Führung schließlich begann, fiel mir in der Gruppe ein Mann auf, groß, ungefähr mein Alter, mit Brille. Wir redeten nicht sehr viel miteinander, aber immerhin genug, um uns im Anschluss auf eine Tasse Kaffee zusammenzusetzen und zu beschnuppern. Es war nicht der große Knall, eher ein leiser Anfang, aber wie sich herausstellte, war es ein Anfang. Es folgten weitere Treffen an historischen Orten, erste Besuche beim anderen und schließlich der erste gemeinsame Urlaub, zwei Wochen Mauritius über Weihnachten und Silvester, ein Traum. Ein Jahr nach jenem denkwürdigen Treffen waren wir verlobt, drei Monate später verheiratet. Ich war 37.

Meine Frauenärztin riet mir mit dezentem Hinweis auf mein Alter zu einer sofortigen Kinderwunschbehandlung. Ob ich auf ganz natürlichem Wege schwanger werden würde, wollte sie nicht abwarten. Nach einem Jahr teurer und erfolgloser Behandlung – ich hatte lediglich eine frühe Fehlgeburt erlitten – entschieden mein Mann und ich, dass es dann eben eine klassische DINK-Ehe werden würde: double income, no kids.

Meine Versuche, eine Stelle in der Nähe meines Mannes zu finden, waren ebenfalls gescheitert, etwas, worüber ich nicht wirklich unglücklich war. Ich war am Rhein heimisch, fühlte mich zu Hause und glücklich und wollte gar nicht weg. Mein Mann jedoch wollte seinen Job nicht aufgeben, den er seit fünfzehn Jahren hatte und der ihm neben einem guten Einkommen auch einige Freiheiten bescherte.

Also führten wir vorerst eine Fernehe.

Neun Wochen nach dem Ende der Kinderwunschtherapie hielt ich ein Ultraschallbild in der Hand, auf dem ein Embryo zu sehen war, sechste Woche. Ich war also im ersten Zyklus nach Therapieende schwanger geworden.

… einfach nur ein Baby bekommen

In der elften Woche bekam ich Blutungen und wurde für zwei Wochen aus dem Verkehr gezogen, sollte mich schonen und täglich einen Spaziergang machen. Ich hatte furchtbare Angst davor, mein Baby zu verlieren, aber es blieb bei mir und wir hatten eine schöne und von weiteren Problemen unbelastete Schwangerschaft.

An einem Sommerabend in der 39. Woche platzte dann die Fruchtblase – es ging los. Ich war sehr aufgeregt, ich Spät- und Erstgebärende, aber als wir im Krankenhaus eintrafen, schien alles bestens. Kein Wort über irgendwelche ungewöhnlichen Befunde oder anstehende Probleme.

Dann lief so ziemlich alles schief, was schief laufen konnte.

Meine Hebamme war ungefähr halb so alt wie ich und wahrscheinlich nicht die Beste ihres Abschlussjahrgangs gewesen. Ich kämpfte mich durch stundenlange Wehen, tat, was sie mir sagte, und war schließlich im Endspurt angekommen: Presswehen. Ich presste und presste, es zerriss mich fast, doch nichts geschah.

Erst da holte die Hebamme eine Ärztin, und wie sich im Nachgang herausstellte, lag mein Baby etwas falsch und war gar nicht ins Becken gerutscht. Seit wann sie falsch lag, ob man bei rechtzeitigem Eingreifen die Lage hätte korrigieren können, war hinterher nicht mehr herauszubekommen. Es folgten über Stunden Wehenmittel und Wehenhemmer im Wechsel, ich musste mich von einer Seite auf die andere drehen bei den verspäteten Versuchen, die Kindslage doch noch zu korrigieren, krampfte am ganzen Körper, und halb drei morgens hieß es dann Kaiserschnitt. Der wurde unter Vollnarkose durchgeführt, und als ich erwachte, war mein Baby auf der Kinder-Intensivstation. Erst am nächsten Tag bekam ich sie zu sehen und erschrak, weil ihre Stirn schräg nach hinten gedrückt war. Sie hatte in Stirn-, vielleicht sogar in Gesichtslage gelegen, also mit überstrecktem Köpfchen statt Kinn auf der Brust, außerdem in der sogenannten Sternengucker-Lage mit ihrem Rücken an meinem Rücken statt seitlich, und war in dieser Position durch die Presswehen noch bis zur Hälfte ins Becken geschoben worden. Dort hatte ihre Stirn dann so stark gegen mein Schambein und die Gebärmutter gedrückt, dass diese überdehnt und ausgedünnt wurde und während des Kaiserschnittes riss, und die Kleine sich den Kopf eingedrückt hatte. Der verformte Schädel brauchte circa zwei Wochen, um seine normale Form zu bekommen.

Sechs Tage nach der Schnittentbindung wurden wir entlassen, ich schwer gezeichnet von allem, was mir passiert war und was so gar nicht dem entsprach, wie ich mir die Geburt gewünscht und vorgestellt hatte.

Zwei Tage später bekam ich hohes Fieber und Bauchschmerzen, wurde wieder stationär aufgenommen und in der Klinik mit einer Antibiotika-Kombi-Therapie behandelt, doch das Fieber sank nicht. Schließlich wurde ich mit Verdacht auf eine beginnende Sepsis, eine Blutvergiftung, auf die Intensivstation verlegt und am nächsten Tag noch einmal operiert mit der Ankündigung, mir im Zweifelsfall die Gebärmutter zu entfernen.

Keine zehn Tage nach der Geburt meines ersten, heiß ersehnten Wunschkindes sollte aus der frischgebackenen Mama eine alte Frau gemacht werden. Unfruchtbar. Von jetzt auf gleich in den Wechseljahren. Mit 39. Ich bettelte die Ärztin an, mir das zu ersparen, ich wolle meine Gebärmutter noch einmal benutzen.

Als ich erwachte, war ich intubiert, konnte nicht sprechen und kaum atmen. Bei der Narkose war etwas schief gegangen, ich wollte nicht wieder wach werden, und niemand konnte sagen, wie lange ich ohne Bewusstsein bleiben würde. Am Ende war es nur etwas mehr als eine Stunde länger als üblich, aber mein Mann war am Ende.

Das Erste, was ich fragte, nachdem der Tubus gezogen wurde, war: »Ist alles noch drin?« Ja, war es, aber es waren Reste der Plazenta aus der Gebärmutter entfernt worden, die bei einem ordnungsgemäßen Kaiserschnitt gar nicht zurückgeblieben wären und eine schwere Entzündung verursacht hatten.

Knapp drei Wochen nach der Geburt unserer Tochter war ich wieder daheim, aber fremd in meinem Leben. Ich fühlte mich als komplette Versagerin, die es nicht geschafft hatte, einfach ein Kind zu gebären, wie es Millionen Frauen täglich tun. Ich hatte Angst vor weiteren Komplikationen und konnte nicht mit dem Baby allein bleiben. Wer sollte sich um sie kümmern, wenn ich wieder schwer krank würde? Natürlich wusste ich, dass meine Tochter nicht das geringste für das Drama ihrer Geburt konnte, und dennoch machte ich ihr Vorwürfe, fragte mich, ob sie all das wert gewesen sei, und litt deswegen unter heftigen Schuldgefühlen. Ich versorgte sie, wie es sich gehörte, doch ich hatte massive Probleme, eine emotionale Bindung zu ihr aufzubauen. Es dauerte Wochen, bis ich nach und nach das für sie empfand, was ich vor ihrer Geburt gefühlt hatte: unvoreingenommene, bedingungslose Liebe.

Zweiter Versuch

Nach diesem Drama war es unklar, ob ich jemals wieder schwanger werden würde. Wir mussten und wollten die zwölf Monate Mindestabstand zu einer möglichen nächsten Schwangerschaft einhalten, aber dann wurde es spannend. Allerdings nicht sehr lange, denn wider Erwarten zog schon nach relativ kurzer Zeit ein neuer kleiner Untermieter bei mir ein. Und ich wusste, ich wollte auf gar keinen Fall noch einmal einen Kaiserschnitt.

Die Ärzte in der Geburtsklinik meiner Tochter hatten mir gesagt, dass ich mit meiner – von ihnen verursachten – Vorgeschichte auf jeden Fall wieder per Sectio entbinden müsste, diesmal mit einem geplanten Kaiserschnitt. Allerdings waren wir inzwischen nach Süddeutschland umgezogen, und in der örtlichen Uniklinik sah man das etwas entspannter. Natürlich sei ich wegen der vorangegangenen Komplikationen eigentlich ein Fall für einen geplanten Kaiserschnitt, sagte mir der Oberarzt der Geburtsstation, doch er wisse, dass beim Kinderkriegen auch emotionale Aspekte eine wichtige Rolle spielten, und er würde mir durch eine normale Geburt hindurch helfen.

Nicht einmal die konsequente Beckenendlage meines Babys konnte daran etwas ändern. Sie hatte es sich sitzend in meinem Bauch gemütlich gemacht, statt sich mit dem Köpfchen nach unten zu drehen, und so hatten wir in der 37. Schwangerschaftswoche eine sogenannte äußere Wendung. Dabei griff der Oberarzt die Kleine vorsichtig von außen und durch meine Bauchdecke und drehte sie in die richtige Position, mit dem Kopf ins mütterliche Becken. Das Ganze dauerte kaum zwei Minuten und erhöhte unsere Chancen auf eine normale Entbindung beträchtlich.

Knapp drei Wochen danach machte auch meine zweite Tochter sich per Blasensprung auf den Weg. Eine Weile sah es gar nicht so gut aus für meinen Herzenswunsch nach einer normalen Entbindung, aber unser Arzt hielt sein Versprechen, kam am Sonntagmorgen um halb fünf in die Klinik und sorgte einige Stunden später mit sanfter Hilfe durch die Saugglocke dafür, dass mein zweites Baby auf normalem Wege zur Welt kommen konnte.

Was für ein überwältigendes Gefühl! So also fühlte sich das an. Ich hatte mein Baby selbst geboren. Ich hatte geackert und gepresst, hatte gespürt, wie sie sich ihren Weg in die Welt bahnte, und dann lag sie auf meinem Bauch, noch an der Nabelschnur, in ein Handtuch gewickelt und mit Mützchen auf dem Kopf, um den kleinen Bluterguss von der Glocke zu verdecken. Als ob der mich gestört hätte. Ich liebte dieses Kind von der ersten Sekunde an. Nie würde ich sie hergeben wollen, immer würde ich sie beschützen und behüten. Sie war perfekt. Alles war gut.

Zwar blutete ich stark nach und konnte wegen des Blutverlustes und des extrem niedrigen Eisenspiegels erst am zweiten Tag sitzen und am dritten Tag aufstehen, doch was war das im Vergleich zu der Beinahe-Katastrophe beim ersten Mal? Gar nichts.

Meine Dankbarkeit für unseren Arzt kann ich kaum in Worte fassen. Er hatte mir durch Verständnis und geschickte Psychologie – »Ich helfe Ihnen da durch.« – und durch außergewöhnliches fachliches Können das größte Geschenk gemacht, das ich mir je gewünscht hatte: ein gesundes, auf normalem Weg geborenes Kind.

»Ich kann die eine Hirnstruktur nicht richtig darstellen.«

Mit diesem Satz endete mein bisheriges Leben und ein neues begann, eins mit einem behinderten Kind. Dieser Gedanke schoss mir durch den Kopf.

Ich war mit unserem dritten Kind schwanger und zum großen Organ-Ultraschall in der 21. Schwangerschaftswoche, wie ich es auch schon mit den beiden Mädchen gemacht hatte. Schließlich war ich jenseits der Vierzig, und die Risiken einer solchen späten Schwangerschaft waren uns durchaus bewusst. Wir hatten schon das Ersttrimester-Screening durchführen lassen, das keinen Hinweis auf eine Fehlbildung ergeben hatte. Eine Fruchtwasseruntersuchung mit Punktion der Gebärmutter hatte ich stets abgelehnt, da die Ersttrimester-Befunde immer unauffällig waren und meinem Mann und mir diese relativ hohe, wenn auch nicht hundertprozentige Sicherheit ausreichte. Zudem bestand bei einer Punktion das Risiko einer dadurch ausgelösten Fehlgeburt, und das wollte ich unseren Babys und mir ersparen.

Jetzt lag ich also im Behandlungszimmer eines auf vorgeburtliche Diagnostik spezialisierten Arztes und konnte mein Baby groß auf dem Monitor sehen. Der Arzt schaute sich unser Kind genau an, erklärte mir, was er sah und dass alles in Ordnung war, und fragte uns, ob wir das Geschlecht erfahren wollten. Da wir bereits zwei kleine Mädchen hatten, wünschten wir uns einen kleinen Stammhalter, auch wenn wir natürlich ein drittes Mädchen genauso lieb gehabt hätten. Unser Wunsch wurde erfüllt. Im Ultraschall war eindeutig zu sehen, dass ich einen Jungen erwartete.

Wie immer bei diesen ausführlichen Ultraschalluntersuchungen spürte ich eine ganz besonders enge und innige Verbindung zu dem

Kind in meinem Bauch. Jetzt konnte ich nicht nur seine Anwesenheit spüren, seine Bewegungen und wenn es wach war oder schlief; ich konnte es sehen. Mit jedem »Ist in Ordnung.« des Arztes fiel ein Stück Anspannung von mir ab. Die Untersuchung war fast vorbei, als der Satz fiel, der mein Leben verändern sollte. Allerdings brauchte er eine ganze Weile, bis er wirklich angekommen war.

»Ich kann die eine Hirnstruktur nicht richtig darstellen«. Das war er.

Mein Herz hämmerte dröhnend. Ich sollte mich in eine andere Position bringen, damit der Arzt versuchen konnte, aus einem anderen Blickwinkel einen besseren Blick auf den Kopf unseres Babys zu werfen. Ich tat, was er mir sagte, aber auch die andere Perspektive brachte kein anderes Ergebnis.

Dann saßen mein Mann und ich dem Arzt gegenüber, der uns erklärte, was er gesehen bzw. nicht gesehen hatte. Unserem Kind fehlten Teile vom, wahrscheinlich sogar der ganze Balken. »Balken nicht darstellbar«, so lautete der schriftliche Befund. Eine Hirnfehlbildung. Andere Auffälligkeiten gab es nicht, weder der inneren Organe noch des Gehirns oder anderer Körperteile. Es sehe nach einem isolierten Balkenmangel aus. Genau könne man das erst nach einer Fruchtwasserpunktion sagen, wenn Zellen des Embryos genetisch untersucht worden seien. Sechzig Prozent dieser Kinder seien gesund, zwanzig Prozent leicht und weitere zwanzig Prozent schwer behindert. Wir sollten uns überlegen, was wir tun wollten, müssten uns aber beeilen, denn die Uniklinik würde Spätabbrüche nur bis zur 22. Schwangerschaftswoche durchführen.

Spätabbruch. Mein Baby. Mein drittes Wunschkind. Mein kleiner Sohn, den ich eben auf dem Monitor gesehen hatte, der mit seinen Fingerchen spielte, herumzappelte, mich permanent in die Bauchdecke stupste. Der quicklebendig war. Über seinen Tod sollte ich entscheiden. Darüber, ihn töten zu lassen. Unvorstellbarer, monströser Gedanke.

In mir herrschte völlige Leere. Meine Gedanken kreisten nur um zwei Sätze: Ich kann das nicht! Der strampelt schon seit Wochen. Ich sah mich dort sitzen, aus der Außenperspektive, und das äußere, beobachtende Ich war voller Mitleid für die arme Frau, die gerade erfahren hatte, dass ihr Ungeborenes eine Hirnfehlbildung hatte. »Arme Frau«, das dachte das äußere Ich, und überlegte, ob sie das Baby wohl bekommen oder es abtreiben lassen würde. »Das arme Kind«.

Ich weiß nicht, wie viel Zeit verging, bis ich aus dieser surrealen Situation erwachte und die Erkenntnis, dass die arme Frau und das arme Kind ja mein Zwerg und ich waren, mit voller Wucht einschlug. Ich begann zu weinen und sollte für Stunden nicht mehr damit aufhören.

Balkenmangel (Corpus Callosum Agenesie)

Der Balken ist der Teil des Gehirns, der die rechte und die linke Hirnhälfte miteinander verbindet. Er ist für den Informationsaustausch zwischen beiden Hirnhälften und die Koordination zuständig.

Fehlen Teile des Balkens, spricht man von einer Hypoplasie, fehlt der gesamte Balken, von einer Agenesie.

Der Balkenmangel ist meist Teil eines Fehlbildungskomplexes, der durch eine Chromosomenstörung verursacht wird. Dann ist er nur eine von vielen Missbildungen. Kinder mit dieser Diagnose sind unterschiedlich schwer körperlich und geistig behindert, einige sterben auch bereits vor oder während der Geburt oder kurz danach.

Es gibt jedoch auch den isolierten Balkenmangel. Das bedeutet, dass außer dem fehlenden oder unterentwickelten Balken KEINE weiteren Fehlbildungen vorliegen. Diese Kinder sind genetisch gesund. Über ihre Entwicklung gibt es sehr unterschiedliche Prognosen. Sie reichen von 50 Prozent gesund und 50 Prozent unterschiedlich schwer beeinträchtigt über 60 Prozent gesund, 20 Prozent leicht behindert und 20 Prozent schwer geschädigt bis zu folgendem Zitat: »Wissenswertes für die Patientin: Bis zu einem Prozent aller Erwachsenen hat einen angeborenen Balkenmangel, in der Regel, ohne etwas davon zu wissen oder zu bemerken. Wenn begleitende Fehlbildungen ausgeschlossen sind, ist die Prognose für die geistige Entwicklung unbeeinträchtigt.« (Sonographische Fehlbildungsdiagnostik, Lehratlas der fetalen Ultraschalluntersuchung, hrsg. von Michael Entezami u.a., Georg Thieme Verlag 2001, Seite 33)

Erste Diagnostik

In Tränen aufgelöst wurde ich zusammen mit meinem Mann in ein anderes Zimmer gebracht. Wir hatten uns sofort entschieden, eine umfassende Diagnostik durchführen zu lassen, um zu wissen, was auf uns zukam. Ich hätte es anders auch gar nicht ausgehalten.

Als erstes wurde uns beiden Blut abgenommen, um per Vergleich unsere DNA von der unseres Babys unterscheiden zu können. Danach hatten wir das Glück, in der Praxis mit einer Genetikerin sprechen zu können, die dort einmal pro Woche Paare beriet, die genetisch vorbelastet waren, schon behinderte Kinder hatten oder bei denen, wie bei uns, Auffälligkeiten im Ultraschall festgestellt worden waren.

Auch sie sprach von der Option des Spätabbruchs, aber jetzt sagte ich die beiden Sätze, die alles waren, was ich bis dahin denken konnte: »Ich kann das nicht. Der strampelt schon seit Wochen.« Daraufhin schlug sie vor, auf weitere Diagnostik zu verzichten, da sie ja ohne Bedeutung sei. Diese Unsicherheit, das Nichtwissen, was meinem Baby denn nun wirklich fehlte, hätte ich jedoch nicht ertragen können. Und so war klar, dass wir eine Fruchtwasserpunktion durchführen lassen würden, sofort, direkt im Anschluss an das Gespräch.

Ich fragte die Ärztin, welche Ergebnisse bei unserem Befund »Balken nicht darstellbar« denn die häufigsten seien. Die meisten Kinder erwiesen sich nach der Fruchtwasseruntersuchung als gesund, genetisch unauffällig. Zweithäufigste Diagnose war eine Trisomie 21, das Down-Syndrom, danach folgten andere, schwerwiegendere Trisomien, von denen viele »mit dem Leben nicht vereinbar« sind. Diese Babys kommen oft schon als Fehl- oder Totgeburt zur Welt oder sterben kurz nach der Geburt. Auf meine Frage, wie lange sich denn der Balken noch entwickeln könne, antwortete die Ärztin, bis zum Ende des ersten Lebensjahres. Einige Forscher gingen sogar davon aus, dass die Entwicklung erst mit dem fünften Lebensjahr abgeschlossen sei.

Uns wurde gesagt, dass die Ergebnisse eines Schnelltest bereits am nächsten Tag vorlägen und wir dann mit etwa 99%iger Sicherheit wüssten, ob unser kleiner Junge einen Chromosomendefekt hätte oder nicht, und wenn ja, welchen. Die Feindiagnostik würde ein paar Tage länger in Anspruch nehmen.

Die Fruchtwasserpunktion war schmerzhaft, doch die körperlichen Schmerzen waren nichts im Vergleich zu meinen Seelenqualen. Ich war an dem Punkt angekommen, wo ich mich fragte, was ich falsch gemacht hatte. Was hatte ich getan oder auch unterlassen, was die Fehlbildung bei meinem Baby verursacht hatte? Ich hatte nie geraucht, trank, wenn es hoch kam, drei Gläser Wein pro Jahr und natürlich nie, wenn ich schwanger war oder werden wollte, aß keine rohen Lebensmittel, hielt mich an die Empfehlungen zur Lebensweise während der Schwangerschaft. Der Arzt sagte mir, ich hätte gar nichts getan, gar nichts tun können, um diese Fehlbildung hervorzurufen. So etwas würde geschehen, ohne Grund. Es sei nicht meine Schuld.

In meiner Verzweiflung versuchte ich, mit dem Schicksal zu feilschen. Ich hatte einige Tage zuvor einen kleineren Betrag im Lotto gewonnen, 56 Euro und ein paar Cent. Wenn unser Baby gesund wäre, wollte ich dieses Geld einer Kinderhilfsorganisation für ihren Einsatz in Somalia spenden, so wie ich immer einmal wieder kleinere Beträge für Afrika überwiesen hatte.

Ich verbrachte den Rest des Tages im völligen Ausnahmezustand. Mein Mann hatte mich dringend gebeten, die Finger vom Internet zu lassen; er wollte die Recherche selbst übernehmen. Das war auch gut so, denn wenn man den Suchbegriff »Balkenagenesie« eingibt, erhält man jede Menge Treffer von Webseiten und Foren, bei denen es um schwer- und schwerstbehinderte Kinder geht. Man muss sich durch viele Links und Einträge graben, bis man Informationen zum isolierten Balkenmangel findet, nach dem es bei unserem Kind ja aussah.

Mein Mann las mir vor: von einem Kinderarzt, der sechs solche Kinder in Behandlung hatte – alle gesund. Von einem Mann, dessen Frau dieselbe Diagnose erhalten hatte wie wir gerade, bei deren Baby der Balken aber mit fortschreitender Schwangerschaft noch gewachsen war. Von Müttern, deren balkenlose, aber ansonsten unauffällige Kinder nach der Geburt prophylaktisch Frühförderung erhalten hatten mit dem Ergebnis, dass sie mit sechs Monaten krabbelten und mit neun liefen. Von einer Neurologin, die betroffenen Eltern die Auskunft gab, Kinder mit isoliertem Balkenmangel hätten KEINE geistigen Behinderungen und höchstens kleine motorische Einschränkungen. Alle Eltern und Verwandten von Kindern mit isolierter Balkenagenesie berichteten, ihre Kinder hätten eine ganz normale Schullaufbahn absolviert.

Das waren alles ermutigende Nachrichten, doch wir wussten nicht sicher, ob unser Zwerg wirklich einen isolierten Balkenmangel hatte oder nicht doch einen Chromosomendefekt. Alles, was ich wusste, war, dass mein Baby fast unentwegt strampelte und mich stupste, so als wollte er mir sagen: Mama, mach dir keine Sorgen, mir geht's gut, alles in Ordnung.

Die Nacht nach der Diagnose war schrecklich. Ich war ganzkörperfertig, konnte aber kaum schlafen, weil mir alle Glieder weh taten, als hätte ich eine Virusgrippe. Baby hatte ich auch jetzt die ganze Zeit auf dem Radar mit sanften Tritten und Stupsern.

Am nächsten Morgen hatten wir Termin bei einem Spezialisten der Uniklinik. Die Klinik verfügte über Ultraschallgeräte auf dem allerneuesten Stand, hoch auflösend, mit denen man auch kleinste Details erkennen konnte. Der Befund war der gleiche, nur etwas anders formuliert: hochgradiger Verdacht auf Balkenagenesie. Hochgradiger Verdacht deshalb, weil mein Baby nur durch meine Bauchdecke hindurch untersucht werden konnte. Andere Fehlbildungen waren auch bei dieser Untersuchung nicht erkennbar. Selbst die Ventrikel, mit Flüssigkeit gefüllte Hohlräume im Gehirn, waren nicht abnormal groß, was bei fehlendem Balken oft zu beobachten ist. Unser Zwerg war relativ groß und schwer, lag aber deutlich im Normbereich.

Der Pränataldiagnostiker der Uniklinik war in seinen Prognosen zur Entwicklung unseres Kindes weniger optimistisch. Nur die Hälfte dieser Kinder entwickle sich normal, wobei die Frage sei, was normal bedeutet, zum Beispiel, ob er jemals in den Kindergarten gehen könne. Ein Satz wie ein Schlag in die Magengrube. Natürlich ist ein Kind, das nicht in der Lage ist, einen Kindergarten zu besuchen, nicht normal entwickelt. Ob ihm die heulende Schwangere, die ihre Hände unentwegt schützend um ihren Bauch legte und das strampelnde Kind darin streichelte, dann doch leid tat, weiß ich nicht. Der Arzt erzählte uns jedenfalls noch von einem Artikel in einer medizinischen Fachzeitschrift. Darin wurde ein Pilotenanwärter bei der Lufthansa beschrieben, bei dem bei einem MRT des Kopfes, also einer bildgebenden Untersuchung, per Zufall herauskam, dass der Mann keinen Balken hatte. Damit durfte er dann nicht mehr Pilot werden, muss aber auf jeden Fall Abitur gehabt haben, war also keinesfalls irgendwie beeinträchtigt.

Mit dieser Anekdote wurden wir entlassen. Auf dem Heimweg unterhielten mein Mann und ich uns, wie wir mit dem Ergebnis des Chromosomentest umgehen wollten. Jede Faser meines Körpers sträubte sich gegen den Gedanken, unser Baby abtreiben zu lassen. Sollte er einen schweren Defekt haben, der unsere gemeinsame Zeit von vornherein begrenzte, würde ich ihn bei mir behalten, bis er gehen würde. Ich würde auch ein Kind mit Down-Syndrom haben wollen, auch wenn das natürlich unser bisheriges Leben mehr oder weniger auf den Kopf stellen würde. Die Frage war, wie mein Mann dazu stand, aber es gab keinerlei Unstimmigkeiten. Wenn er ein Downie wäre, würden wir einen Downie bekommen.

Jetzt hieß es warten auf das Ergebnis des Schnelltests.

Sechzig Euro für Somalia

Es war kurz vor zehn Uhr morgens, als das Telefon klingelte. Ich ließ meinen Mann abnehmen und auf Lautsprecher stellen. Unser Baby hatte mit 99,8prozentiger Sicherheit keinen Chromosomendefekt. Er war genetisch gesund. Wir schrieben Freitag, den 13. Januar.

Ich heulte. Wie ein Schlosshund. Kuschelte mich an meinen Mann und knuddelte meinen Kugelbauch, aus dem es merklich strampelte. Ein kleines Baby-Siehste schallte mir entgegen.

Einmal Hölle und zurück, das waren die letzten 24 Stunden gewesen. Ich hatte seit der Diagnose nichts mehr gegessen, konnte einfach nicht, alles war wie zugeschnürt. Ich hatte keinen Bissen hinunterbringen können. Jetzt hatte ich einen Bärenhunger. Wir drei, mein Mann, Zwerg und ich, setzten uns erst einmal hin und frühstückten. Danach löste ich meinen Teil der Abmachung mit dem Schicksal ein und überwies meinen aufgerundeten Lottogewinn an die Kindernothilfe für Somalia.

Weitere Diagnostik

Eine Woche nach der Diagnose hatten mein Baby und ich eine Magnetresonanztomographie (MRT) seines Köpfchens. Mir war vorher gesagt worden, dass es durchaus sein könnte, dass man auf den Bildern nichts erkennen könne, da die Patienten während der Untersuchung völlig bewegungslos liegen müssen. Und das tat mein Zwerg nun überhaupt nicht. Er war so aktiv wie immer, turnte fleißig und ließ mich nachts oft nicht schlafen. Wenn ich mich bewegte und ihn dadurch schaukelte und wiegte, war er ruhig und schlief; legte ich mich hin und das Schaukeln hörte auf, fing er an zu strampeln. Ein völlig normales Verhalten Ungeborener.

Vor dem MRT war ich sehr aufgeregt. Ich hatte schon einmal eine solche Untersuchung gehabt und in der engen, lauten Röhre, in die man komplett hineingeschoben wird, massive Platzangst entwickelt. Und natürlich beschäftigte mich die Frage, ob uns nach dieser Feindiagnostik nicht doch noch schlechte Neuigkeiten erwarten würden, oder ob die Bilder verwackelt sein würden und dann alles umsonst gewesen wäre.

Um mich und meinen Zwerg zu beruhigen, sprach ich in Gedanken mit ihm, sagte ihm, er müsse keine Angst haben, ich sei bei ihm und es würde ihm nichts passieren, in keinem Fall. Er solle nur schön stillhalten, damit wir verwertbare Bilder erhielten. Ich hatte meine Hände auf meinem Bauch, bis wir in den Tomographen geschoben wurden; dann musste ich sie herunter nehmen, da sie die Sicht auf mein Baby beeinträchtigten. Doch ich sprach weiter mit meinem kleinen Jungen, schickte ihm meine Gedanken und merkte, wie er ruhig wurde. Während der ganzen Zeit der Untersuchung bewegte er sich kaum, so dass wir bereits nach zwanzig Minuten fertig waren, was ich als gutes Zeichen dafür nahm, dass die Bilder etwas geworden waren.

Ich selbst hatte einen Kopfhörer aufbekommen, um mich mit Musik abzulenken und keine Panik aufkommen zu lassen, und das funktionierte. Ich wurde mit einer schrägen Mischung aus Volksmusik, Gangsta-Rap und deutschem Schlager beschallt, und allein die Frage, was wohl als nächstes käme, reichte als Ablenkung aus. Als dann noch Vicky Leandros ihr »Theo, wir fahrn nach Lodz« schmetterte, eins meiner Lieblingslieder aus meiner frühesten Kindheit, hatte die angespannte Situation schon fast etwas Komisches.

Am nächsten Tag erhielten wir dann auch das Ergebnis des detaillierten Chromosomentests *»zur Abklärung sehr kleiner chromosomaler Veränderungen. [...] Diese Untersuchung ergab einen **unauffälligen Befund**. Somit ergibt sich bei dem jetzt erwarteten Kind kein Hinweis auf eine Chromosomenstörung.«* So stand es schwarz auf weiß in unserem Gutachten. Im telefonischen Gespräch gab uns die Genetikerin dann ihre Prognose für unser Kind. Da unser Zwerg völlig normale Organ- und Chromosomenbefunde habe, gehe es ihrer Meinung nach »sehr in Richtung gesundes Kind«.

Einige Tage später fand in der Uniklinik das Auswertungsgespräch zum MRT statt, zu dem auch ein Kinderarzt hinzugezogen wurde. Laut Bildgebung hatte unser Junge wirklich keinen Balken. Das war jedoch die einzige Anomalie. Es lagen keinerlei weitere, sogenannte begleitende Fehlbildungen vor, weder im Gehirn noch in irgendeinem anderen Organ. Während der Pränataldiagnostiker der Uniklinik in seiner Prognose immer noch vorsichtig war, sagte der Kinderarzt einen Satz, der sich in mein Gedächtnis eingebrannt hat: Er könne uns nicht *versprechen*, dass unser Baby gesund ist, aber mit der Befundlage sehe es sehr danach aus. Und er sehe keinen Grund für... – hier machte er eine Pause, und das monströse Wort ›Spätabbruch‹ hing ein letztes Mal im Raum, wurde aber nicht mehr ausgesprochen.

Ich kämpfte mit den Tränen und wäre ihm am liebsten um den

Hals gefallen. Waren mir doch nach dem ersten Teil des Satzes »Er könne uns nicht *versprechen,* dass unser Kind…« im Zeitraffer alle möglichen furchtbaren Fortsetzungen durch den Kopf geschossen: dass unser Kind jemals krabbeln, laufen, sprechen, sich normal entwickeln würde. Aber nein, es sah sehr danach aus, dass er vollkommen gesund sein würde.

Da wir in einigen Quellen gelesen hatten, dass Kinder ohne Balken ein leicht erhöhtes Risiko hätten, eine Epilepsie zu entwickeln, fragte ich danach. Die Antwort lautete nein, dem sei nicht so. Das gleiche sagte übrigens auch unser Kinderarzt, bei dem wir mit allen unseren Kindern in Behandlung sind.

In der Besprechung wurde uns Eltern geraten, sofort nach seiner Geburt ein weiteres MRT unseres Babys machen zu lassen, weil man dann, ohne den mütterlichen Körper drumherum, genau sehen könnte, ob der Balken komplett fehlt oder nicht.

Der Pränataldiagnostiker erklärte uns Eltern schließlich, dass die Ultraschalldiagnostik des Balkens beim Fötus erst seit Anfang der Neunziger Jahre technisch überhaupt möglich ist. Und noch heute würden 60 Prozent der vollständigen und 80 Prozent der teilweisen Balkenmängel bei Ungeborenen übersehen. Ganz abgesehen davon, dass längst nicht jede Schwangere den großen Organ-Ultraschall überhaupt machen lässt.

Es stellt sich also die Frage, wie viele Kinder ohne Balken geboren werden, ohne dass es jemals jemandem auffällt, weil sie sich einfach vollkommen normal entwickeln. Von all den Menschen, die vor der Entwicklung der Balkendiagnostik geboren wurden, ganz zu schweigen.

»Genießen Sie Ihre Schwangerschaft.«

Mit diesem Satz verabschiedeten mich die Ärzte nach der Besprechung. Die Diagnostik war damit abgeschlossen. Im Abstand von jeweils sechs bis acht Wochen sollten wir zu weiteren Ultraschall-Untersuchungen kommen, um zu schauen, dass der Zwerg gut gedieh. Außerdem sollten so eventuelle, mit dem Balkenmangel zusammenhängende Probleme, wie z.B. ein beginnender Wasserkopf, schnell erkannt und behandelt werden können.

Doch es gab keine weiteren Probleme. Alles war und blieb gut, auch die Ventrikel, die bei Balkenmangel dazu neigen, vergrößert zu sein, blieben im Normbereich. Im oberen, aber im Normbereich, wie ihn auch Babys ohne Auffälligkeiten haben können. »Hochnormal« nannte sich das im Befund.

Entspannt war ich vor diesen Checks natürlich trotzdem nie. Umso größer war die Erleichterung, wenn wieder einer ohne Auffälligkeiten überstanden war. Unser Pränataldiagnostiker begleitete mich einmal mit der schönen Botschaft zur Tür »Keine weiteren Schönheitsfehler.« Ein wundervoller Satz gleich mit doppeltem Sinn: Die Balkenagenesie war immer noch die einzige Normabweichung meines Babys, und sie bekam das Etikett »Schönheitsfehler«, also eine harmlose Normvariante, keine Behinderung. Solche Sätze halfen mir wirklich dabei, meine Schwangerschaft so gut es ging zu genießen. Ich zehrte davon in den dunklen Momenten, die ich natürlich auch hatte, und einige waren wirklich pechschwarz.

Umgang mit der Angst

Nichts und niemand kann eine Schwangere darauf vorbereiten, wie es ist, plötzlich damit konfrontiert zu sein, dass das eigene Baby krank oder behindert sein könnte. Gar nichts. Man kann so viel gelesen haben wie man will, man kann Dokumentationen gesehen und sogar mit betroffenen Müttern oder Kindern Kontakt gehabt haben. Wenn es plötzlich um das eigene Kind geht, wenn die Außenperspektive zur Innensicht wird und werden muss, ist nichts mehr, wie es vorher war.

Natürlich kann man argumentieren, dass die Schwangere eben nicht zur vorgeburtlichen Diagnostik gehen soll, wenn sie keine schlechten Nachrichten hören möchte. Diese Argumentation geht meiner Meinung nach am Kern der Sache vorbei. Schwangere gehen zu den Vorsorgeuntersuchungen und den Ultraschalls, um dafür zu sorgen und zu wissen, dass es ihrem Baby gut geht, dass alles in Ordnung ist. So wie man zu jeder Vorsorgeuntersuchung geht, um danach sicher zu sein, dass man gesund ist. Oder um rechtzeitig zu erfahren, wenn etwas nicht stimmt, um so früh wie möglich mit der Therapie zu beginnen und die Heilungschancen zu erhöhen. Auch bei Ungeborenen gibt es Erkrankungen, die bereits im Mutterleib behandelt werden können.

Sollte eine Frau sich nach einer Pränataldiagnostik mit auffälligem Befund dazu entschließen, das Kind nicht zu bekommen, so ist das ihre ganz persönliche Entscheidung, die, davon bin ich felsenfest überzeugt, sich keine werdende Mutter leicht macht. Ich habe erlebt, wie es sich anfühlt, wenn das Wort ›Spätabbruch‹ fällt und das eigene Baby gemeint ist.

Unsere Entscheidung jedoch war gefallen.

Für mich gibt es kaum etwas Schrecklicheres als Ungewissheit. Nicht zu wissen, was mich erwartet, worauf ich mich einstellen und vorbereiten muss, wie es weitergeht, das zerreißt mich, reibt mich auf, frisst meine Gedanken und Gefühle und lässt keinen Platz mehr für ein normales Leben.

Aus diesem Grund waren die umfassende Diagnostik meines Babys, so weit sie bei einem Ungeborenen möglich war, und unsere privaten Recherchen zum isolierten Balkenmangel und seinen möglichen Auswirkungen so wichtig für mich und mein seelisches Gleichgewicht.

Trotzdem hatte ich große Angst. Angst davor, ein krankes, behindertes Kind zu haben, Angst davor, mit der Belastung, seelisch, körperlich und finanziell, nicht zurecht zu kommen, Angst davor, dass meine Familie und ich niemals mehr ein auch nur halbwegs normales Leben haben würden. Verstärkt wurde sie durch das Gefühl, selbst nichts tun zu können, um meinem Zwerg zu helfen. Doch das stimmte möglicherweise gar nicht.

Ich hatte in jeder meiner Schwangerschaften eine intensive, liebevolle Beziehung zu dem Baby in meinem Bauch aufgebaut, doch in dieser dritten hatte diese Beziehung naturgemäß noch eine ganz andere Qualität. Ich hatte mir sofort nach der Diagnose angewöhnt, so viel und so oft wie möglich mit meinem Bauchzwerg zu sprechen, laut oder in Gedanken, und ihn mir vorzustellen, wie er in seinem schützenden Kokon lag, turnte, schlief, Daumen lutschte, mit der Nabelschnur oder seinen Fingerchen spielte. Wann immer ich konnte, drückte ich ihm durch die Bauchdecke und per Hand ein, wie ich es nannte, »großes Balkenwachs- und Hirnreifküsschen« auf sein Köpfchen, also einen dicken Kuss, damit sein Balken eventuell doch noch wächst und sein Gehirn gut reift, sich gut entwickelt. Diesen Ritus habe ich nach seiner Geburt übrigens bis heute beibehalten. Jetzt bekommt er seine Küsschen natürlich direkt auf den Kopf, und ich fürchte, ich werde es erst lassen, wenn er mich in der achten Klasse dringend darum bittet, damit er nicht wegen seiner knutschenden Mama gehänselt wird.

Zum anderen informierte ich mich im Internet, ob es Heilsteine gibt, die die Gehirnentwicklung fördern sollen. Nein, ich habe keinen Hang zur Esoterik, hatte aber das dringende Bedürfnis, selbst etwas für mein Baby zu tun, zumindest das Gefühl zu haben. Ich stieß auf den Ametrin, eine Kombination aus Amethyst und Citrin, sowie den Regenbogen-Obsidian. Und so fand ich mich am nächsten Tag in einem Laden namens »Glitzergrotte« wieder, wo mir eine sehr nette und optisch sehr passende Dame half, meine Heilsteine zu finden, sie auch gleich auf ein Lederband auffädelte, so dass ich sie an einer Gürtelschlaufe befestigen und auf meinem Bauch tragen konnte. Das tat ich dann Tag für Tag; nur nachts nahm ich sie ab, damit sie beim Schlafen nicht drückten. Kurz vor den ärztlichen Untersuchungen steckte ich sie in die Hosentasche, um keine Fragen beantworten oder verständnislose Gesichter sehen zu müssen. War der Ultraschall vorüber, kamen die Steine wieder auf meinen Bauch, und zwar dorthin, wo laut Befund Babys Kopf gerade lag. Seit Babys Geburt hängen sie in seinem Bettchen am Kopfende.

Wenn man mich fragt, ob ich wirklich an die Wirkung der Heilsteine glaube, so kann ich darauf keine eindeutige Antwort geben. Ich hoffte inständig, dass sie helfen, und musste immer wieder an Niels Bohr denken, den Vater der modernen Atomphysik. Obwohl Naturwissenschaftler, hatte er über der Tür seines Ferienhauses ein Hufeisen als Glücksbringer hängen. Auf verständnislose Bemerkungen reagierte Bohr lächelnd: »Es hilft, auch wenn man nicht daran glaubt.«

Doch ich wollte unbedingt daran glauben, daran, dass meine Küsschen, meine innigen Zwiegespräche mit meinem kleinen Jungen und das Wissen des Mittelalters uns helfen würden, ein gesundes Kind zu bekommen.

Wenn mich die Hoffnung einmal verließ, schaute ich in mein Tagebuch, wo ich all die Dinge aufgeschrieben hatte, die wir inzwischen über den isolierten Balkenmangel im Allgemeinen und die genauen Befunde unseres Kindes wussten. Ich las mir noch einmal die Sätze

unserer Ärzte durch, den genetischen Befund, die Informationen aus dem Lehratlas der fetalen Ultraschalluntersuchung, die besagten, dass der isolierte Balkenmangel häufig symptomlos bleibt und es nach der Geburt keine neurologischen Auffälligkeiten gibt. Zur Prognose stand dort, dass die geistige Entwicklung unbeeinträchtigt sei. (Sonographische Fehlbildungsdiagnostik, Lehratlas der fetalen Ultraschalluntersuchung, Georg Thieme Verlag 2001, Seite 29 ff) [3]
Daran klammerte ich mich, und es gab mir Kraft.

Natürlich half mir auch unser Baby selbst. Mein kleiner Junge wuchs und gedieh einfach prächtig, war immer weit überdurchschnittlich groß und schwer, also das Gegenteil eines Kümmerlings, sehr aktiv und schien beschlossen zu haben, seine Diagnose schlicht zu ignorieren. Bei einem Ultraschall in der Uniklinik im siebten Monat, bei dem ich wieder einmal weinen musste, bekam ich von unserem Pränataldiagnostiker ein 3D-Bild meines Zwergs, die in diesem Moment beste und effektivste Therapie für mich. Er war einfach wunderschön und hatte die süßeste Ungeborenen-Stupsnase, die man sich vorstellen kann. Und er sah völlig normal aus, wie jedes andere Baby auch. Dieses Bild war mein Joker in den dunklen Stunden. Das war mein Junge, um den ich gekämpft hatte, den ich nicht hergegeben hatte, den ich niemals hergeben würde.

Reden ist Silber, Schweigen ist Gold

Nach der Diagnose saß ich in einer Zwickmühle. Ich brauchte dringend jemanden zum Reden, und das würde auch noch eine lange Zeit so bleiben. Nach jeder Untersuchung, nach jedem Befund, nach jedem Entwicklungsschritt unseres Kindes wollte ich mein Glück, meine Ängste oder meine Verunsicherungen einfach mit jemandem in meinem Umfeld teilen, ein vollkommen normales Bedürfnis, besonders für eine Frau. Schon Wilhelm Busch wusste: »Das Reden tut dem Menschen gut; Wenn man es nämlich selber tut; ...« *(Wilhelm Busch, Maler Klecksel, erstes Kapitel, Vers 1f)*

Ich brauchte auch eine Außenperspektive, Menschen, die mir und uns als Betroffenen andere Blickwinkel aufzeigten, unsere von großer Hoffnung und großen Ängsten geprägte Perspektive auf unser Baby neutraler sahen, uns unvoreingenommen sagten, wenn wir etwas zu pessimistisch oder auch zu optimistisch sahen, oder einfach nur zuhörten, immer und immer wieder.

Selbstverständlich sprachen mein Mann und ich lange und oft über unseren Zwerg, aber es gab dennoch eine Lücke zwischen meinem Redebedürfnis und seiner Aufnahmefähigkeit.

Mein behandelnder Frauenarzt gab uns einen Rat, den wir nach kurzem Nachdenken auch konsequent befolgten und bis heute befolgen. Er riet uns, niemandem von dem Verdacht des Balkenmangels bei unserem Sohn zu erzählen. Unser Kind habe eine gute Chance, vollkommen gesund zur Welt zu kommen und sich ganz normal zu entwickeln. Alle Menschen jedoch, die von seiner Diagnose wüssten, würden ihn nicht mehr unvoreingenommen sehen, sondern möglicherweise als behindertes Kind, und ihn entsprechend behandeln. Damit wären seine Chancen auf ein normales Leben mit normaler Bildungslaufbahn deutlich beeinträchtigt, und all das wahrscheinlich ganz ohne Grund.

Der Arzt erklärte mir, er habe vor Jahren eine Patientin gehabt, die ein Kind mit einer Chromosomenstörung zur Welt gebracht hatte. Auch dieses Kind war unauffällig, nahm eine ganz normale Entwicklung, und niemandem war je etwas an ihm aufgefallen – weil die Eltern Stillschweigen bewahrt hatten.

Das leuchtete uns sofort ein. Allein der Gedanke, dass ein Amtsarzt meinen Jungen ungeachtet seines Entwicklungsstandes auf eine Förderschule schicken würde, nur weil er die Diagnose in dem gelben Untersuchungsheft fand – und vielleicht gar nicht wusste, was sie bedeutete - war mir unerträglich. Erschwerend kam bei uns hinzu, dass sich unter den Großeltern zwei Ärzte, ein Apotheker und eine Krankenschwester befanden. Gerade die beiden Ärzte neigten dazu, stets das Schlimmste anzunehmen und selbst die harmlosesten Phänomene zu dramatisieren und auf ihr Katastrophenpotential hin untersuchen zu lassen. Einem der beiden war zum Beispiel aufgefallen, dass meine kleine, absolut gesunde und für ihr Alter sehr weit entwickelte Tochter eine sehr lange Zunge hatte und damit bis an ihr Kinn reichte. Ohne unser Wissen oder gar unsere Zustimmung befragten sie also einen Kinderarzt, ob die Enkelin ein Down-Syndrom habe. Down-Kinder können wohl oft mit der Zunge ihr Kinn berühren, weil das Kinn bei ihnen meist weniger stark ausgeprägt ist. Zu ihrer Entschuldigung muss gesagt werden, dass sie das Drama während und nach der Geburt meiner ersten Tochter hautnah miterleben mussten und daher die sprichwörtlichen gebrannten Kinder waren.

Hätten diese beiden auch nur den Hauch einer Ahnung gehabt, was bei uns gerade passierte, hätten wir doch noch unseren Alptraum bekommen. Möglicherweise hätten wir uns die Frage anhören müssen, warum ich die Schwangerschaft nicht abgebrochen hatte. Mit Sicherheit jedoch hätten sie versucht, uns von einer Spezialklinik zur nächsten zu schicken, obwohl wir von unseren Ärzten hervorragend betreut wurden, hätten in kurzen und kürzesten Abständen und in allen Einzelheiten nach der Entwicklung unseres Sohnes gefragt, vor und nach seiner Geburt, ob er dieses und jenes schon kann, warum er das noch nicht kann, ob wir mit ihm schon in Klinik X und bei Spezialist Y gewesen wären und wenn nicht, wieso nicht. Unser Zwerg hätte unter permanenter Beobachtung gestanden, wir Eltern hätten unter permanenter Beobachtung und vor allem Bevormundung gestanden, und DAS wäre für alle Beteiligten die größte Belastung gewesen, viel schlimmer als die Diagnose selbst. Ausgeschlossen.

Auch die anderen Großeltern sowie sämtliche anderen Verwandten und Bekannten wurden und sind nicht über den Verdacht auf Balkenagenesie bei unserem Jungen informiert. Weder mein Mann noch ich hätten auch nur einen Pfifferling auf die Verschwiegenheit der Menschen in unserem Umfeld gegeben. Und davon hingen nicht nur unser Familienfrieden, sondern vor allem die ungestörte Entwicklung und das Lebensglück unseres Kindes ab. Und so schwiegen wir eisern, schweigen bis heute und werden es auch in Zukunft tun.

Nur einen einzigen Menschen außerhalb des Kreises unserer behandelnden Ärzte habe ich informiert, meine älteste und beste Freundin. Sie kannte ich seit einem Vierteljahrhundert, auf ihre Verschwiegenheit konnten wir uns hundertprozentig verlassen. Sie hörte mir zu, wenn ich in stundenlangen Telefonaten immer wieder mein Herz ausschütten und meine Seele erleichtern musste, sie litt vor jeder Diagnostik mit mir und freute sich über jede gute Nachricht mit uns. Sie recherchierte selbst tagelang zum Thema isolierte Balkenagenesie, bestätigte uns das, was wir herausgefunden hatten, und teilte danach unseren Optimismus, dass unser Baby gesund sein würde. Sie trug die Last mit mir und uns gemeinsam und nahm mir damit einen Teil ab. Sonst wäre ich darunter zusammengebrochen.

Endspurt

Je näher der errechnete Entbindungstermin rückte, umso nervöser wurde ich. Zum einen hatte ich ja nicht nur gute Erfahrungen bei den Geburten meiner Kinder gemacht, zum anderen aber war da natürlich immer noch die Ungewissheit darüber, wie schwer oder nicht schwer unser Baby beeinträchtigt sein würde.

Der Zwerg folgte der Familientradition und meldete sich morgens um kurz vor drei mit einem Blasensprung. Gegen halb vier waren wir in der Uniklinik, wo uns zu meiner Erleichterung unser Pränataldiagnostiker als diensthabender Arzt im Kreißsaal erwartete. Er sprach von großzügiger Kaiserschnitt-Indikation wegen unserer Vorgeschichte, das heißt, mein Junge wäre bei Problemen unter der Geburt sehr schnell per Schnittentbindung geholt worden, schneller als Babys ohne angenommene Schädigungen. Eine der Hebammen begleitete mich auf die Toilette und fragte, ob mit meinem Baby alles in Ordnung sei. Ich sagte ihr, ihm fehle der Balken, woraufhin sie mich entgeistert ansah und zurück fragte: »Ihm fehlt ein Bein??« Das Absurde siegte hier über das Tragische, und ich musste lachen.

Gegen halb fünf hatte ich starke Wehen und bat um eine PDA, eine Periduralanästhesie. Damit hatte ich bei der Geburt meiner zweiten Tochter gute Erfahrungen gemacht. Es dauerte jedoch eine ganze Weile, bis die Anästhesistin kam. Sie hatte Probleme, den Schlauch für die Schmerzmittel richtig zu platzieren, was durch die immer heftigeren und in immer kürzeren Abständen kommenden Wehen zusätzlich erschwert wurde. Schließlich half der Oberarzt, und gegen halb sechs lag der Zugang. Im selben Moment bekam ich Presswehen und merkte, wie mein Junge sich auf das letzte Stück des Wegs machte. Auch die Hebamme sagte, er kommt, und der Arzt wurde gerufen. Und so ging es in die heiße Phase, ohne PDA und ohne Schmerzmittel. Ich presste, so stark ich konnte, und schrie aus Leibeskräften, und dann hieß es, das Köpfchen sei da. Die schlimmsten Schmerzen waren vorbei. Kurz darauf war mein Junge geboren – mit seiner Nabelschnur zweimal um den Hals gewickelt. Er war blau wie ein Schlumpf und ich zu Tode erschrocken. Die Hebamme brachte ihn sofort ins Nebenzimmer, wo wegen seiner Diagnose ein Kinderarzt auf ihn wartete. Dort wurde der Sauerstoffgehalt in seinem Blut gemessen und ein erster Check durchgeführt. Ich konnte ihn durch die offene Tür brüllen hören, fragte aber trotzdem alle Mediziner um mich herum, wie schlimm es sei. Unser Pränatalmediziner, der den Zwerg auch entbunden hatte, sagte mir, ich müsste mir keine Sorgen machen; etwa ein Drittel der Kinder käme mit der Nabelschnur um den Hals zur Welt. Wirklich beruhigen konnte er mich damit nicht. Das schaffte erst der Anästhesist, der die nicht mehr zum Einsatz gekommene PDA gelegt hatte. Er erzählte mir nämlich, er selbst habe auch die Nabelschnur um den Hals gehabt. Und ich dachte, fertig, wie ich war, wenn es für ein Medizinstudium reicht, dann ist es ja gut.

Als die Plazenta geboren wurde, gab es den nächsten Schreck. Erst jetzt war zu sehen, wie ungewöhnlich lang die Nabelschnur gewesen war, lang genug für mein Baby, um bei seinen heftigen Bewegungen einen Knoten hineinzuturnen.

Ich weiß nicht, wie viele Schutzengel auf dieses kleine Wesen aufgepasst hatten, das ich jetzt zum ersten Mal auf meinen Bauch bekam, während mein Arzt kleinere Geburtsverletzungen nähte. Doch sie hatten gut zu tun. Nicht nur, dass mein kleiner Junge den Nabelschnurknoten bei all seinen Strampeleien nicht zugezogen hatte, dann wäre er in mir gestorben. Auch seine erste Untersuchung war völlig in Ordnung gewesen, und der Sauerstoffgehalt in seinem Blut ganz normal. Er hatte also durch die Nabelschnur um den Hals keinen Sauerstoffmangel erlitten, war nur etwas verschwollen und verfärbt im Gesicht.

Um kurz nach sechs hatte ich das größte Geschenk im Arm, das mir jemals gemacht worden war, meinen, trotz aller Widrigkeiten, nach aktuellem Stand gesunden kleinen Sohn. Als ich ihn mir ansah, musste ich lachen. Er hatte rotblonde Locken und blaue Augen und unterschied sich damit auch in der oberen Körperhälfte deutlich von seinen beiden Schwestern. Er war immer noch ein großes Baby mit knapp vier Kilogramm Gewicht und zweiundfünfzig Zentimeter Größe. Ich hüllte ihn in Liebe ein, schmuste mit ihm, sagte ihm, wie wunderschön und unglaublich süß er war und wie toll er seine Geburt hinbekommen hatte. Es hatte keine Probleme gegeben, alles lief wie am Schnürchen und ziemlich schnell. Wohl auch deshalb hatte mein Baby trotz Nabelschnur um den Hals keine Sauerstoffunterversorgung gehabt. Er war einfach schnell genug geboren worden. Von Kaiserschnitt war nie die Rede. Auf die Minute genau drei Stunden nach dem Blasensprung war der kleine Mann zur Welt gekommen.

Er hatte mir die mit Abstand kürzeste und unkomplizierteste Entbindung beschert, die ich erleben durfte.

… ohne Bedeutung für das Kind

Drei Stunden nach seiner Geburt wurden mein Sohn und ich auf die normale Wöchnerinnenstation verlegt. Er wurde gewickelt und angezogen und in sein fahrbares gläsernes Bettchen gelegt. Schon vor dem Mittag bekam er sein erstes Fläschchen – stillen konnte ich nach dem Drama bei der ersten Entbindung nicht mehr – und trank sofort gut. Mittags hatte er einen ersten Ultraschall seiner Hüften, wie alle Neugeborenen, und auch seines Köpfchens. Während mein Mann mit unserem Baby zur Untersuchung war, kam mich der Kinderarzt besuchen, der mir nach dem MRT in der 23. Schwangerschaftswoche gesagt hatte, er könne uns kein gesundes Baby versprechen, aber es sehe sehr danach aus. Von ihm stammte auch die Empfehlung, unmittelbar nach der Geburt den Kopf unseres Sohnes noch einmal per Kernspin untersuchen zu lassen.

Jetzt jedoch erlebte ich wieder eine Überraschung. Der Arzt sagte mir, er würde kein MRT mehr machen lassen. Mit meinem Baby sei alles in Ordnung und das Ergebnis der Bildgebung damit ohne Bedeutung. Kurz darauf kam auch mein Mann mit dem Zwerg zurück und einem unauffälligen Ultraschall-Befund.

Am nächsten Tag besuchten uns die Ärzte-Großeltern im Krankenhaus. Ich war sehr gespannt und auch nervös, ob ihnen wohl irgendetwas auffallen würde, was an meinem Baby nicht »normal« sei. Nichts, absolut überhaupt gar nichts. Er war noch ein bisschen blau, aber ansonsten putzmunter, und die beiden Mediziner freuten sich ganz unbefangen über ihr Enkelchen. An diesem Tag bekam er auch seinen Namen: Jan.

An seinem dritten Lebenstag fiel den Schwestern auf, dass der Kleine schneller atmete. Eine Kinderärztin wurde hinzugezogen, die nichts Akutes feststellen konnte, aber empfahl, ihn für vierundzwanzig Stunden zur Beobachtung in die Kinderklinik zu verlegen. Möglicherweise entwickle er eine Infektion, die dann sofort behandelt werden könne. Schweren Herzens stimmte ich zu und begleitete mein Baby auf die Kinderstation. Dort wurde ihm Blut abgenommen, eine furchtbare Quälerei, weil es sehr schwierig war, die winzigen Äderchen in Babys Hand mit der im Vergleich riesigen Kanüle zu treffen. Dann wurde er an eine Reihe von Sensoren angeschlossen, die seine Körperfunktionen überwachten und Alarm auslösen würden, wenn etwas nicht stimmte.

So lange ich konnte, blieb ich bei meinem Kind in der Kinderklinik, fütterte und wickelte es selbst und war einfach für ihn da. Während ich dort saß, kam unser Kinderarzt, der am Tag zuvor das MRT abgesagt hatte. Er sah mich, fragte: »Na, haben Sie's doch noch hierher geschafft?«, und grinste mich an. Ich musste lachen und war ihm wieder einmal dankbar dafür, auf unkonventionelle Art den Druck aus einer angespannten Situation genommen zu haben. Die mitternächtliche Fütterung überließ ich den Kinderschwestern, denn ein Minimum an Schlaf brauchte ich. Der Kleine überstand die Nacht ohne besondere Vorkommnisse, alle Werte waren im grünen Bereich, und nach der U2, die gleich noch in der Kinderklinik durchgeführt werden sollte, sollten wir wieder auf die Wöchnerinnenstation umziehen.

An diesem Tag kamen die Mediziner-Großeltern ein zweites Mal, um sich zu verabschieden, bevor sie wieder nach Hause fuhren. Ich war von einer sehr lieben und pfiffigen Schwester auf der Mütterstation per Telefon gewarnt worden, dass sie auf dem Weg seien. Um mir Zeit zu geben, die Kinderärzte darauf hinzuweisen, dass NIEMAND von Jans Balkenmangel erfahren dürfe, auch und besonders die Ärzte-Großeltern nicht, hatte sie sie einen Umweg geschickt. Und so hatte ich gerade noch Gelegenheit, eine Schwesternschülerin heranzurufen und ihr sehr eindringlich aufzutragen, den bei einer Besprechung versammelten Ärzten unseren Elternwunsch nach absoluter Verschwiegenheit mitzuteilen. Es war keine Minute zu früh.

Nachdem die Großeltern gegangen waren, bekamen wir unsere U2. Unter der Aufsicht einer Kinderärztin und mit meiner Zustimmung durften Medizinstudenten sie durchführen. Wieder war das Ergebnis vollkommen in Ordnung. Alle Reflexe waren da, der Zwerg konnte alles, was er können musste, und reagierte stets so, wie er reagieren sollte. Es gab keinerlei Auffälligkeiten. Auch seine Atmung hatte sich normalisiert. Wir durften wieder auf die Wöchnerinnenstation und wurden zwei Tage später nach Hause entlassen.

Ankommen

Baby Jan war mein drittes Kind. Mit den Abläufen und Routinen des Alltags mit einem Neugeborenen war ich vertraut. Zu Hause war alles vorbereitet, der Stubenwagen mit einer neuen Matratze bestückt, die Babyschlafsäcke frisch gewaschen, die Vorräte an Miniwindeln aufgestockt, neue Fläschchen und Schnuller besorgt.

Trotzdem war alles neu. Jeder Tag war für mich eine Herausforderung, mit der ich erst lernen musste, umzugehen. Unser Baby war gesund, ihm fehlte gar nichts, aber würde das auch so bleiben? War nicht gerade heute der Tag, an dem sich erste Auffälligkeiten zeigen würden, an dem irgendetwas anders lief, als es mit den Mädchen gelaufen war? War das Spucken nach der Flasche nur das harmlose feuchte Aufstoßen, das so viele Babys hatten?

Eine große Hilfe in dieser ersten Zeit mit meinem neugeborenen, wohl balkenlosen Sohn war mir unsere Hebamme, die mich schon in meiner zweiten Schwangerschaft und nach der Geburt meiner kleinen Tochter betreut hatte. Sie war im Wortsinn eine weise Frau, um die sechzig Jahre alt, sehr erfahren und durch nichts aus der Ruhe zu bringen. Während unseres ersten Termins nach Jans Geburt erzählte ich ihr von seiner Diagnose und den Befunden, die wir im Krankenhaus erhalten hatten. Ihre Einschätzung war: »Der hat nix.« Kurz und schmerzlos. Bei allen folgenden Besuchen in den nächsten Tagen und Wochen blieb sie dabei. Mein kleiner Mann entwickelte sich genauso, wie sich alle anderen gesunden Babys auch entwickelten.

Irgendwann in diesen ersten Wochen, als wir über die Zeit der Pränataldiagnostik sprachen, sagte sie dann einen Satz, der bei mir erst einsinken musste: Babys würden sich ihre Eltern aussuchen. Als ich darüber nachdachte, wurde mir klar, was sie gemeint hatte. Unser Kleiner hatte sich uns ausgesucht, weil er wusste, dass wir ihn nehmen würden.

Wir würden wissen wollen, was los ist, und ihn dann festhalten und durch alle Untiefen und Abgründe tragen, die sich auftun könnten. Bei uns war er sicher, auch ohne Balken. Er war schon lange vor seiner Geburt in unserem Leben und unserer Welt angekommen. Als er dann geboren war, hatte er einen in sich ruhenden, nichts als Zuversicht und Entspanntheit ausstrahlenden Papa und eine Löwenmama, die alles tat, damit es ihm gut ging und er ein glückliches, gesundes Baby war.

Natürlich versuchte ich, seine Entwicklung so gut es ging zu fördern. Ich sprach sehr viel mit ihm, trug ihn herum, zeigte ihm Dinge, Geräusche, Lichtspiele, versuchte ihn für erste Spielzeuge zu interessieren und zum Greifen zu animieren, spielte ihm klassische Musik vor und ließ ihn auch dazu einschlafen. Doch selbst bei genauer Beobachtung wollten weder mir noch meinem Mann irgendwelche Unterschiede in der Entwicklung zu unseren Mädchen auffallen. Auch Besucher, die natürlich ahnungslos waren, fanden, er sei ein sehr süßes und ganz normales Baby.

Damit das so blieb, hatte ich seine Heilsteine am Kopfende des Stubenwagens befestigt, aber außerhalb des Nestchens, damit er sich nicht weh tun konnte. Und er bekam bei jeder sich bietenden Gelegenheit seine »großen Balkenwachs- und Hirnreifküsschen«.

Langsam, ganz langsam, begann auch ich mich zu entspannen. Ich schaffte es, einige Stunden am Stück nicht an seinen Balken zu denken und mich einfach nur an meinem Schatz zu freuen, und das war ein großer Fortschritt für mich.

Eine Schrecksekunde hatten wir allerdings noch. Zehn Tage nach der Geburt rief uns der Kinderarzt aus der Uniklinik an, und noch bevor er sagen konnte, es gebe keinen Grund zur Aufregung, er habe nur eine Kleinigkeit vergessen zu erwähnen, war ich schon im Panikmodus. Es ging aber wirklich nur um etwas Undramatisches. Balkenkinder, so erklärte er uns, würden in sehr seltenen Fällen nicht ausreichend

Wachstumshormone und Hormone zur Steuerung des Zuckerhaushalts produzieren. In diesen Fällen müssten die Hormone von außen zugeführt werden, und damit sei das Problem gelöst.

Also ließen wir am nächsten Tag in der Uniklinik die Blutwerte unseres Zwergs untersuchen, die jedoch in Ordnung waren. Wieder eine Sorge weniger.

Vorbereitungen für ein ganz normales Leben – Spurenbeseitigung

In Jans vierter Lebenswoche stand eine weitere Vorsorgeuntersuchung beim Kinderarzt an, die U3. Es war die erste ambulant durchgeführte Vorsorge; wir gingen dazu zu unserem regulären Kinderarzt, der auch die Mädchen betreute.

Bevor er sich den Kleinen ansah, erzählten wir ihm von dem Verdacht des isolierten Balkenmangels bei unserem Sohn. Sein Gesicht werde ich nicht vergessen. Ein behindertes Kind, das stand darin geschrieben. Und er sagte uns auch, wir müssten abwarten, ob sich Jan normal entwickelt. Nachdem wir dem Arzt jedoch im Detail geschildert hatten, welche Diagnostik mit welchen Ergebnissen wir in den letzten Monaten gehabt hatten und dass unser Kind genetisch gesund ist und keinerlei weitere Auffälligkeiten hat, legte sich seine Skepsis etwas.

Die U3 brachte dann auch einen für alle Beteiligten, besonders jedoch für mein Baby und mich, optimalen Befund: Alles bestens. Man konnte den Stein plumpsen hören, der mir vom Herzen fiel.

Nach dem Check erzählte uns der Kinderarzt, dass das gelbe Vorsorgeheft sowohl im Kindergarten als auch bei der Einschulungsuntersuchung vorgelegt werden müsse. Er gab uns den eindringlichen Rat, die von der Geburtsklinik eingetragene Verdachtsdiagnose unkenntlich zu machen. Von versehentlich verschüttetem Kaffee und geschickt platzierten Illustrationen unserer beiden Mädchen war die Rede. Jans Besonderheit gehe niemanden etwas an, besonders da sie aller Wahrscheinlichkeit nach völlig irrelevant sein würde.

Noch ein behandelnder Arzt, der uns diesen Ratschlag gab, nur ging er noch einen Schritt weiter als mein Frauenarzt. Aber natürlich hatte er Recht. Und so sind wir heute im Besitz eines Untersuchungsheftes für unser Kind, in dem seine Verdachtsdiagnose nicht mehr zu erkennen ist.

Speikind – oder doch nicht?

Speikinder – Gedeihkinder, das hörte ich oft in den ersten Wochen nach Jans Geburt. Meine beiden Mädchen waren in der Hinsicht sehr unkompliziert gewesen; was einmal drin war, blieb auch drin und kam halt am anderen Ende wieder raus.

Nicht so bei unserem kleinen Mann. Er spuckte nach jeder Flasche, mal mehr, mal weniger, aber immer etwas. Da er jedoch gut trank und entsprechend gut gedieh, machte ich mir keine Sorgen deshalb. In der fünften Lebenswoche allerdings nahm das Spucken stetig zu, und ein paar Tage später schließlich behielt er gar nichts mehr bei sich. Ab mittags und durch die ganze Nacht hindurch trank er schlecht und spuckte die gesamte Milch wieder aus, die ich gerade mühsam gefüttert hatte.

Sofort am nächsten Morgen fuhr ich mit ihm zu unserem Kinderarzt. Der untersuchte den Babybauch und sagte mir, der Magen sei voll. Das konnte gar nicht sein. Der Zwerg hatte seit gut zwölf Stunden restlos alles erbrochen, was er kurz zuvor getrunken hatte. Im Ultraschall war dann die Ursache des Erbrechens zu erkennen, eine sogenannte Pylorusstenose.

Pylorusstenose

Der Pylorus ist der sogenannte Magenpförtner, der Magenausgang in Richtung Dünndarm. Bei einer Pylorusstenose ist der Magenausgang verdickt und damit verschlossen, so dass die Nahrung aus dem Magen nicht mehr in den Darm weiter transportiert werden kann. Neu aufgenommene Nahrung wird daher erbrochen, im Magen sammelt sich die Magensäure. Da die Aufnahme der Nährstoffe aus der Nahrung im Darm erfolgt, ist sie bei einer Pylorusstenose nicht mehr möglich, da die Nahrung dort nicht mehr ankommt. Die Babys haben immer Hunger, bei vollem Magen, und erbrechen sich im Schwall nach jeder Mahlzeit.

Jungen sind zehn Mal häufiger betroffen als Mädchen. Meist zeigt sich die Pylorusstenose schon um die dritte Lebenswoche.

Der verdickte Magenausgang wird durch eine Operation korrigiert. Wenn das Baby durch das ständige Erbrechen bereits ausgetrocknet oder der Stoffwechsel beeinträchtigt ist, wird vor der Operation Flüssigkeit per Infusion zugeführt, um den kleinen Patienten zu stabilisieren.

Nach der operativen Korrektur dauert es einige Zeit, bis der gereizte und geschwollene Magenpförtner wieder gut durchlässig ist. Daher wird die Nahrungszufuhr langsam wieder aufgebaut, beginnend mit Tee einige Stunden nach der Operation, dann Tee mit Milch und schließlich wieder Mutter- oder Fertigmilch allein.

Ich stand neben mir. Mein Baby, mein fünfeinhalb Wochen alter kleiner Junge hatte einen Magenverschluss. Hatte schlimmen Hunger bei einem übervollen Magen, der sich deutlich sichtbar durch die Bauchdecke abzeichnete. Andererseits war ich froh, endlich die Ursache für das ständige und heftige Spucken zu kennen. Ich fragte unseren Kinderarzt, wie die Therapie aussehe. Er sagte, das müsse operiert werden, und schickte uns in die Uniklinik.

Ich konnte gerade noch meinen Mann abfangen, der auf dem Weg zur Arbeit war. Dann fuhren wir zu dritt in die Klinik. Dort wurde unserem Sohn ein Zugang gelegt, es wurden noch weitere Ultraschalluntersuchungen durchgeführt, und wir wurden stationär aufgenommen. Das alles dauerte Stunden, und ich hielt die Anspannung kaum noch aus. Mein Baby musste operiert werden, und wir wurden eine gefühlte Ewigkeit damit aufgehalten, bereits durchgeführte Diagnostik wieder und wieder zu machen, zumindest hatte ich diesen Eindruck. Eine Zeitlang sah es so aus, als würde Jan an diesem Tag gar nicht mehr operiert werden. Doch schließlich hieß es, er solle nachmittags um zwei in den OP. Mein Mann und ich durften unser Baby bis in den Eingangsbereich begleiten.

Nach Jans vorgeburtlicher Diagnose war das das Schlimmste, was wir mit unserem Kleinen durchstehen mussten. Der Weg von der Kinderstation in den Operationssaal kam mir endlos vor. Ich hatte einfach nur furchtbare Angst, kann mich jedoch erinnern, dass der Zwerg das Herumgefahren werden in seinem Kinderbett lustig fand und lächelte. Im OP übernahm ihn eine Ärztin, wir bekamen ein Telefon, auf dem wir angerufen würden, wenn die Operation vorbei sei, und dann mussten wir gehen.

Ich hatte schon seit Stunden immer wieder mit den Tränen gekämpft, nicht immer mit Erfolg, aber als wir jetzt dort draußen standen, bekam ich einen Weinkrampf. Nach allem, was wir mit unserem kleinen Mann schon durchgemacht hatten, nun auch das noch. Mein Mann nahm mich in den Arm und tröstete mich. Als ich mich etwas gefangen hatte, einigten wir uns darauf, dass er die Wache übernehmen würde, das Warten auf den Anruf aus dem OP. Ich ergriff die Flucht. Im Krankenhaus zu bleiben und dieses Telefon anzustarren, darauf zu warten, dass es klingelt, dass mein Baby es überstanden hat, hätte ich nicht durchgestanden. Die Zeit hätte still gestanden. Ich hätte ewig warten müssen. Ganz zu schweigen von der Angst, die ich davor hatte, an diesem Telefon vielleicht eine schlimme Nachricht hören zu müssen. Ich musste mich ablenken, irgendetwas tun. Und da ich mit Jan zusammen aufgenommen worden war, also bei ihm im Krankenhaus bleiben würde, bis er entlassen würde, fuhr ich nach Hause und packte Sachen für die Klinik für mein Baby und mich.

Nach anderthalb Stunden rief mich mein Mann an, unser Kleiner sei im Aufwachraum und habe den Eingriff überstanden. Als ich wieder in der Klinik eintraf, war er bereits auf der Station und lag in seinem

Bett, mit dem Zugang für die Infusionen in einer Kopfvene und einer Sonde, also einem dünnen Schlauch, durch die Nase in den Magen.

Wie furchtbar er aussah! Sein Gesicht war wächsern und hatte eine ganz eigentümliche Farbe, eine Mischung aus kalkweiß, grau und grün. Da er noch unter Schmerzmitteln stand, war er relativ ruhig, doch das änderte sich, und er fing an zu jammern. Ich versuchte ihn zu trösten, so gut ich konnte, hielt ihn im Arm, wiegte ihn und trug ihn herum, so weit die Kabel reichten, an die er angeschlossen war.

Abends um zehn bekam er dreißig Milliliter Tee, von denen er nur zwanzig trank, und auch die rutschten nicht durch. Jans Magen war noch immer voller alter Magensäure und Luft, die in regelmäßigen Abständen über die Magensonde abgesaugt wurden, und dabei kam auch der Tee retour. Die Schwestern sagten mir, ich könne mir den Kleinen auch bäuchlings auf den Bauch legen, also seinen Bauch auf meinen, trotz der frischen Wunde. Doch all das half irgendwann nicht mehr gegen die Schmerzen. Als er sich dann nachts um drei Uhr, zur großen Begeisterung der Krankenschwestern, noch seine Magensonde gezogen hatte, nahmen sie ihn mit und kümmerten sich um ihn, und ich konnte etwas schlafen.

Am nächsten Tag sah der Kleine deutlich besser aus. Er bekam dreimal je fünfzig Milliliter Tee, und schon ab der ersten Flasche rutschten sie auch durch. Beim Absaugen des Magens kam nichts mehr zurück. Das hieß, dass der operierte Magenpförtner so weit abgeschwollen war, dass der Mageninhalt wieder in den Darm weiter transportiert wurde.

Am Nachmittag legte ich mir den kleinen Mann dann für eine Stunde auf die Knie und wir kasperten herum. Er brauchte keine Schmerzmittel mehr und war wieder mein aufgewecktes, um sich schauendes, mit allem strampelndes Baby, das mich breit anlachte.

Nach den drei reinen Teeflaschen bekam mein Kind ab dem Abend Tee mit Milch halb und halb gemischt und am nächsten Morgen die erste reine Milchflasche – die er prompt erbrach. Ich war furchtbar erschrocken und musste daran denken, dass es bei einer operierten Pylorusstenose in wenigen Fällen zu einem Rezidiv, einem Rückfall, kommen kann, so dass diese Kinder noch einmal unters Messer müssen. Allerdings sprach nichts dafür. Der Kleine hatte noch sehr viel Luft in seinem Bäuchlein, die er zum Teil abgesaugt bekam, zum Teil per Bäuerchen loswurde, und dabei hatte er auch seine Flasche gespuckt. Die Schwestern auf der Kinderstation erklärten mir, dass die Py-Kinder, also die mit einer Pylorusstenose, die erste Milchflasche nach der Operation häufig erbrechen, weil Milch schwerer verdaulich ist als Tee. Eine Kinderärztin untersuchte Jan; sein Bauch war weich und die Blutwerte waren in Ordnung.

Und dann fiel es mir ein: Normalerweise bekam mein Junge etwas Fencheltee und Espumisan in seine Milchflaschen, damit sich nicht so viel Luft in seinem Bauch bildete und er keine Koliken bekam. Beides war in der Krankenhaus-Milchflasche nicht enthalten gewesen. Zusammen mit seinem noch kranken Magen hatte das dafür gesorgt, dass er die Flasche nicht vertrug. Ab der folgenden Milchflasche bereitete ich sie dann wieder so zu, wie er es gewohnt war. Damit war das Problem gelöst. Am dritten Tag nach seiner Operation trank Jan bereits wieder gut 500 Milliliter ohne Spucken, und nachdem er am vierten Tag auch endlich wieder Stuhlgang gehabt hatte, also sowohl die Nahrungszufuhr als auch die Entsorgung wieder funktionierten, wurden wir nach Hause entlassen.

Ganz aufgehört hatte die Spuckerei nicht, aber ich hatte von verschiedenen Seiten, nicht zuletzt im Krankenhaus gehört, dass das beim Aufstoßen normal ist. Jans Operationswunde heilte problemlos und war kaum zu sehen, da er nicht den üblichen kleinen Längsschnitt bekommen hatte, sondern der Bauch offensichtlich um den Nabel herum geöffnet worden war. Nach ein paar Pflasterwechseln war nichts mehr zu sehen und er durfte auch wieder baden.

Das einzige, was uns und auch den Ärzten und Schwestern im Krankenhaus aufgefallen war, war, dass mein sechs Wochen alter

Junge lachte, breit, von einem Ohr zum anderen. Er lachte uns an, die Schwestern und die Ärzte, die ihn untersuchten und dabei manchmal wohl auch kitzelten. Unsere beiden Mädchen hatten für diesen Entwicklungsschritt deutlich länger gebraucht und erst ab der achten bis zehnten Lebenswoche so richtig gelacht. Jan war schneller.

Erste Entwicklungsschritte

Jan ist ein sehr aufgeweckter kleiner Junge, und das war er schon immer. Noch auf der Geburtsstation begann er, sein Köpfchen zu drehen, und zu Hause förderte ich das, indem ich ihm interessante Dinge in sein Gesichtsfeld hielt und mich ihm auch von verschiedenen Seiten näherte. Von Anfang an hatte er auch die Spielzeugkette über seinem Laufstall hängen, die ihn mit ihren bunten Holzfiguren nicht nur zum Schauen, sondern auch zum Greifen animieren sollte. Und so versuchte er schon ziemlich früh, kurz nach seiner Magenoperation, nach der Kette zu greifen und sie durch Dagegenschlagen zum Klappern und Wackeln zu bringen. Wenn er sie erwischte, freute er sich und strampelte mit Ärmchen und Beinchen.

Wir begannen auch sehr früh, unseren Zwerg auf den Bauch zu legen, natürlich nicht zum Schlafen, das ist eine der Hauptursachen für den plötzlichen Kindstod, sondern wenn er wach und fit war. Sicher konnte er anfangs sein Köpfchen noch gar nicht halten, sondern legte es einfach seitlich ab. Nachdem sein Bäuchlein nach der Pylorusstenose abgeheilt war und er keine Schmerzen mehr hatte, legten wir ihm ein kleines Kissen unter, drehten ihn auf den Bauch und machten Geräusche und Späßchen vor seinem Gesicht. Und siehe da, er hob den Kopf, um zu sehen, was da los war, und er hielt ihn auch, mit der Zeit auch immer länger. Ab der zehnten Lebenswoche nahm er auch die Händchen zu Hilfe und griff nach den Dingen, die wir ihm in Bauchlage vor die Nase hielten.

Eine Woche später kamen die ersten Tönchen, lange E's und Ö's, und der kleine Mann jauchzte, wenn er sich freute. Die Trinkmenge steigerte sich stetig, die Spuckerei beim Aufstoßen wurde weniger, und in der zwölften Lebenswoche schlief Jan zum ersten Mal so durch, dass man es auch so nennen konnte, von 10 Uhr abends bis morgens um sechs. Natürlich war das noch die Ausnahme, aber der Anfang war gemacht.

Als der Kleine gut drei Monate alt war, wurde die U4 durchgeführt, wobei noch einmal detailliert alle Reflexe getestet und der Entwicklungsstand begutachtet wurde. Diese Untersuchungen waren für mich noch immer keine Routine und sorgten für schlechte Nächte im Vorfeld und Nervosität im Wartezimmer am Tag des Checks. Aber es war alles bestens. Mein Kind war motorisch und geistig völlig normal entwickelt und zeigte keine Auffälligkeiten oder Ausfallerscheinungen.

Auch mit seinen beiden Schwestern, vier und zwei Jahre alt, nahm der kleine Mann nun zunehmend Kontakt auf. Sie beschäftigten sich gern mit ihm, zeigten und gaben ihm Dinge, sprachen mit ihm und trieben Unsinn, über den er sich jauchzend freute. Sie wollten ihm auch Fläschchen geben, was sie bereits seit unserer Ankunft zu Hause immer wieder geübt hatten, natürlich unter elterlicher Aufsicht. Ihr kleiner Bruder interessierte die Mädchen sehr, und umgekehrt zauberten sie stets ein Lächeln oder breites Lachen auf sein Gesicht, wenn sie sich zu ihm in den Laufstall oder neben seine Babyschale setzten.

Mit dieser Babyschale hatte Jan besonders viel Spaß. Im Laufe des vierten Lebensmonats hatte er herausgefunden, dass er sich darin durch rhythmische Beinbewegungen selbst schaukeln konnte, und das tat er nun mit unglaublicher Ausdauer und wachsender Begeisterung. Wenn er sich stark genug schaukelte, bewegte sich die Schale mit ihm durch den Raum, was den Spaßfaktor noch erhöhte. Das Einschlafen ging ebenfalls viel besser, wenn es schaukelte, und dafür nicht auf Mama oder Papa oder eine Schwester angewiesen zu sein, war schon gut.

Keines meiner Mädchen hatte diesen Dreh raus; nur mein kleiner, balkenloser Junge konnte das. Ironie des Schicksals.

Vom ersten Brei zum Drehen auf den Bauch

Mein Zwerg war und ist ein großes Kind. Bei der U4 lag er mit seiner Größe und dem Gewicht auf der 90. Percentile, was bedeutet, dass nur 10 Prozent aller Kinder in diesem Alter noch größer sind und er deutlich über dem Durchschnitt lag. Langsam wurde er nur mit seiner Baby-Milch nicht mehr satt. Und so beschlossen wir schon etwas früher als vor dem vollendeten vierten Lebensmonat, ihm den ersten Brei zu füttern. Da er Probleme mit der Verdauung hatte, fiel die Wahl auf Birne.

Ich hatte Bedenken, ob er schon reif genug wäre, vom Löffel zu essen und das Essen auch zu schlucken. Meine große Tochter hatte bei ihrem ersten Brei ein so unglaubliches Theater veranstaltet, dass man denken konnte, sie würde misshandelt. Sie wollte den Mund nicht aufmachen, spuckte den Brei im hohen Bogen über sich und alle und alles in ihrer Umgebung und brüllte wie am Spieß. Sie schluckte gar nichts, sondern verschluckte sich nur, so dass wir Eltern die Versuche mit dem Brei schnell wieder aufgaben, die Kleine noch ein paar Wochen ausschließlich mit der Flasche fütterten und es dann erneut versuchten. Da war sie bereits gut fünf Monate alt. Es funktionierte, aber nur dank der bereitwilligen Hilfe und Unterstützung durch Bob, den Baumeister, und seine Freunde, die Baumaschinen. Mit Hilfe der Ablenkung durch diese Kinder-DVD lernte mein erstes Kind das Essen vom Löffel.

Natürlich ist es alles andere als ideal, wenn ein Baby fernsieht, aber als Mutter braucht man gelegentlich auch praktische Problemlösungen, nicht nur theoretische Empfehlungen. Und den Tipp mit der Ablenkung durch das Fernsehen hatte ich von einer anderen, erfahreneren Mutter erhalten.

Jan allerdings war beim Essen genauso unkompliziert wie beim Trinken. Er nahm seinen Birnenbrei sofort und schluckte auch, ohne jedes

Spucken oder Weinen. Die Obstmahlzeit wurde dann relativ schnell durch einen Mittagsbrei ergänzt, und im achten Lebensmonat aß unser kleiner Mann drei Mahlzeiten am Tag, trank tagsüber Fencheltee mit diversen Säften und nur noch um Mitternacht und am frühen Morgen eine Milchflasche. Die Umstellung auf feste Nahrung hatte vollkommen unkompliziert funktioniert.

Mit vier Monaten spielte unser Sohn sicher in Bauchlage, hielt seinen Kopf ganz oben und schaute in alle Richtungen, und er lachte nicht mehr nur sichtbar, sondern auch hörbar, mit einem wunderbaren Baby-Glucksen. Er benutzte jetzt Hände und Füße, um seine Spielzeugkette zum Schwingen und Klappern zu bringen, und drehte sich vom Rücken auf die Seite und blieb so auch eine Weile liegen, wenn es dort etwas Interessantes gab. Wenig später drehte er sich mit Hilfe durch meinen Mann oder mich auf den Bauch. Den Trick hatten wir von einem anderen Kinderarzt gezeigt bekommen, als unsere Große sich monatelang geweigert hatte, sich mit der Bauchlage anzufreunden. Wenn sich das Baby in Seitenlage befindet, legt man das obere vor das untere Beinchen und hält sie in dieser Position fest. Baby dreht den Oberkörper dann selbstständig in die Bauchlage.

Kurz bevor er ein halbes Jahr alt wurde, hatte Jan seine nächste Vorsorgeuntersuchung, die U5. Wie immer war ich nervös, doch es gab keinen Grund. Der Arzt sagte wörtlich, mein Kind sei nicht nur gut entwickelt, sondern »Klasse«. Das war Kinderarzt-Psychologie für die Mama, und ich war ihm dankbar dafür.

Das ständige und ausschließliche Liegen fand mein kleiner Mann zunehmend unbefriedigend. Er wollte etwas mitbekommen von der Welt, den Überblick haben. Natürlich konnte er noch nicht allein sitzen, aber auf meinem Schoß oder auf dem Boden zwischen den Beinen von Mama oder Papa saß er sicher und spielte hingebungsvoll, bestaunte die Welt und den Unsinn, den seine Schwestern anstellten, und übte seine Lieblingsvokale e und ö. Im Alter von gut sieben Monaten schließlich sagte er laut und deutlich das, womit auch seine

Schwestern ins Sprechalter gestartet waren, das von mir schon sehnsüchtig erwartete »da-da-da«. In den folgenden Tagen perfektionierte er sein erstes Wort und probierte es in allen denkbaren Stimm- und Tonlagen aus, gern auch nach der Mitternachtsflasche bis morgens um zwei. Mein Baby babbelte.

»Da ist er.«

Jan war siebeneinhalb Monate alt, als er einen kleinen Unfall hatte, wie ihn viele Babys haben, wenn sie anfangen, mobil zu werden. Ich hatte ihn auf dem Doppelbett seiner Schwestern geparkt, mit dem Stillkissen um ihn herum, damit er nicht herunterfallen sollte, und seine große Schwester gebeten, auf ihn aufzupassen. Ich wollte mir nach dem Wickeln nur schnell nebenan im Bad die Hände waschen.

Aber ich hatte die Mobilität meines Kindes unterschätzt. Natürlich rollte er nicht über die versperrte Längsseite aus dem Bett, sondern er schaffte es über das Fußende. Ich hatte keinen dumpfen Plumps gehört, aber als ich zurück kam, lag er weinend auf dem Boden. Vielleicht war er auch mit den Füßen voran aus dem Bett gerutscht – ich wusste es einfach nicht. Zu sehen war gar nichts, aber ich wollte sicher gehen, dass ihm nichts passiert war.

Es war Sonntag, unser Kinderarzt also nicht erreichbar, und wir mussten zum kinderärztlichen Notdienst in die nächstgrößere Stadt fahren. Die diensthabende Ärztin war auf Kinder-Endokrinologie spezialisiert, die Behandlung von Hormonstörungen und hormonell bedingten Erkrankungen. Als solche hatte sie sehr viel Erfahrung mit der Ultraschall-Diagnostik und machte bei meinem Jungen eine Sonografie des Schädels, um zu schauen, ob er sich bei seinem Sturz etwas getan hatte. Hatte er nicht. Seine Reflexe waren ebenfalls alle in Ordnung, er hatte keinen Bluterguss und keine Beule am Köpfchen, es war ihm nichts passiert.

Nachdem ich das wusste, nahm ich meinen Mut zusammen und erzählte ihr von Jans vorgeburtlicher Diagnose und seinem hochgradigen Verdacht auf das komplette Fehlen des Balkens. Ich bat sie nachzusehen, ob, wie zuletzt beim Ultraschall nach seiner Geburt, alles bis auf den Balken in Ordnung wäre und sein Gehirn sich gut entwickelt hätte. Da er fast acht Monate alt war, war die Fontanelle schon relativ weit geschlossen und eine Ultraschalluntersuchung des Gehirns würde schon bald gar nicht mehr möglich sein.

Was dann passierte, zog mir wieder einmal den Boden unter den Füßen weg. Ich war wie vom Donner gerührt. Die Ärztin hielt den Schallkopf auf Babys Fontanelle, zoomte heran und sagte dann zu mir: »Da ist er.« Ich schaute sie völlig perplex an und fragte verwirrt: »Wie, da ist er?« Sie richtete das Gerät noch einmal aus und zeigte mir das, was sie gefunden hatte: Jans Balken. Sie erklärte mir im Detail, was zu sehen war, der Balken an sich und auch die Ventrikel, die normal groß waren und nicht die sogenannte Stierkopfform aufwiesen, die typisch für den Balkenmangel ist. Ich erinnerte mich an die Ultraschallbilder des Balkens, die ich nach Jans Diagnose in verschiedenen Lehrbüchern und im Internet gefunden hatte, und das, was ich jetzt auf dem Monitor erkannte, sah genau so aus. Die Ärztin schränkte zwar ein, sie könne aufgrund der kleinen Fontanellenöffnung nicht sagen, ob der Balken vollständig vorhanden sei oder nur teilweise, aber ich konnte nur eins denken: Mein Kind hat einen Balken. Jan hat einen Balken. Baby hat einen Balken!!! Ob ganz oder teilweise war für mich vollkommen bedeutungslos.

Am liebsten hätte ich mich mit meinem Baby heulend in eine Ecke verkrochen, um die wunderbaren, aber so völlig unerwarteten Nachrichten sacken zu lassen, aber natürlich ging das nicht. Ich hatte nur noch die Geistesgegenwart, die Ärztin zu bitten, den Balken in ihren schriftlichen Befund aufzunehmen. Am nächsten Tag rief ich dann noch einmal an und bat um einen Ausdruck des Ultraschallbildes mit Jans Balken.

Was mich genauso verblüffte wie die Tatsache, dass mein Baby doch einen Balken hatte, war die Erklärung der Ärztin. Sie sagte mir, sie habe solche Phänomene, dass Hirnstrukturen während der kindlichen Entwicklung offensichtlich nachreifen, schon öfter erlebt, allerdings bei Frühchen, was Jan nicht war. Auch seine Hirnreifung, die Gyrierung, sei völlig in Ordnung.

Als ich mit Jan die Praxis verließ, stand ich doch etwas neben mir und konnte erst einmal nicht Auto fahren. Meinen Mann konnte ich nicht erreichen, da er mitten in einem Sportwettkampf steckte und sein Telefon ausgeschaltet hatte. Ich schickte ihm nur eine SMS, er solle mich anrufen, es gebe Neuigkeiten. Um mich zu beruhigen und die letzten zwanzig Minuten zu verarbeiten, lief ich mit meinem Balkenkind im Buggy und dem Handy am Ohr eine Runde durch die Altstadt und telefonierte mit meiner Freundin, meiner einzigen Jan-Vertrauten. Wir lachten und heulten gemeinsam über die so wundersame Wendung der Dinge, ich musste wieder an den vorgeschlagenen Spätabbruch denken und was für ein grauenhafter Fehler das gewesen wäre, und schließlich war ich ruhig genug, um mit meinem kerngesunden Kind nach Hause zu fahren.

Dort hatte ich Besuch von einer anderen Freundin, die nichts von dem ganzen Drama um meinen kleinen Jungen wusste. Und so musste ich mich zusammennehmen und konnte meine grenzenlose Erleichterung und unglaubliche Dankbarkeit erst abends allein in meinem Zimmer in einem überlangen Tagebucheintrag verarbeiten. Mein Kind hatte einen Balken, ganz oder teilweise, völlig egal, er hatte einen Balken.

Wir schrieben wieder den 13. Januar.

Reaktionen

Bei unserem nächsten regulären Besuch erzählte ich dem Kinderarzt von Jans Balken und wie er sich angefunden hatte. Seine Reaktion machte mich erst sprachlos und dann wütend. Er sagte mir, er glaube nicht, dass unser Kind einen Balken habe. Die schnelle Diagnose des vorhandenen Balkens sei unseriös und er habe das anders gelernt. Anders ausgedrückt: Dass die Kinderärztin den Balken auf Anhieb, ohne großes Suchen und Herumeiern gefunden habe, war nach seinen Worten ein Indiz dafür, dass er NICHT vorhanden war. Das Absurde dieser Logik machte mich fassungslos. Wenn man ihr folgt, sind per Ultraschall gut erkennbare Schwangerschaften nicht vorhanden, ebenso Tumoren oder andere Erkrankungen. Als Beweis wurden die vorgeburtlichen Ultraschallaufnahmen meines Sohnes herangezogen, auf denen er, wie wir wussten und auch nicht bestritten, keinen Balken hatte. Die von mir vorgelegte Aufnahme mit Balken wurde als »Suchbild« bezeichnet.

Woher diese in meinen Augen völlig unangemessene Reaktion rührte, weiß ich nicht. Weder mein Mann noch ich hatten jemals die Richtigkeit der vorgeburtlichen Diagnose in Frage gestellt, die ja am Tag von Jans Geburt noch einmal bestätigt worden war. Wir hatten uns lediglich geweigert, die von einigen Ärzten vorgeschlagenen Konsequenzen zu ziehen. Vielleicht war ja an der Aussage der Genetikerin vom Tag des großen Organultraschalls doch etwas dran, dass sich der Balken noch bis zum Ende des ersten Lebensjahres entwickeln kann. Diese Möglichkeit wurde jedoch kategorisch verneint.

Die Ärzte der Uniklinik, die wir anlässlich des nächsten Hormonchecks unseres Zwergs ebenfalls unterrichteten, waren zumindest in der Wortwahl gemäßigter. Sie machten noch einmal einen Ultraschall von Jans Kopf durch die inzwischen so weit geschlossene Fontanelle, dass man auch die Ventrikel nicht mehr darstellen konnte, die jedoch, wie schon die Endokrinologin erklärt hatte, normal groß waren; das ließ sich aus den übrigen, normalen Hirnbefunden schließen. Bis auf die Ebene des Balkens, der tiefer im Gehirn liegt, kam man gar nicht mehr, war sich aber trotzdem sicher, dass Jan keinen hat. Interessant.

Ich dagegen hatte ein Ultraschallbild von Jans Gehirn mit Balken und einen schriftlichen Befund, der zwar vorsichtig formuliert, aber dennoch eindeutig war, wenn man ihn genau durchlas. Dort stand zu lesen: »... *Das* [für einen fehlenden Balken, Anm. d. Aut.] *typische Stierkopfphänomen des Ventrikelsystems ist nicht darstellbar. Im Koronarschnitt* [Schnitt von vorn, frontal, Anm. d. Aut.] *meint man in der Tiefe einen Balken darstellen zu können.* **Eine partielle Agenesie kann nicht ausgeschlossen werden.**« Im Klartext: eine totale, wie sie bei unserem Sohn bis dahin angenommen wurde, aber sehr wohl.

Ganz abgesehen davon war ich ja nun live dabei gewesen, als der Balken im Ultraschall aufgetaucht war, hatte ihn sogar in bewegten Bildern gesehen und die mündliche, weit weniger vorsichtige Einschätzung der Ärztin gehört.

Natürlich warf dieser neue Stand der Dinge einige Fragen auf, an deren Beantwortung ich selbst aus purer Neugier interessiert gewesen wäre, aber auch, weil das die Perspektive für andere betroffene Eltern ändern könnte.

Wenn man davon ausgeht, dass mein Kind wirklich einen Balken hat – hundertprozentig sicher wissen wir es nicht, und ich gebe zu, dass die Skeptiker mich verunsichern konnten – stellt sich die Frage, wann er sich entwickelt hat. Weder mein Mann noch ich glauben, dass die vorgeburtliche Diagnose falsch war. Sie wurde von zwei Spezialisten im Ultraschall gestellt und durch das MRT bestätigt. Auch am Tag seiner Geburt war bei der Schädelsonografie meines Sohnes kein Balken zu erkennen. Damit bliebe die Herausbildung des Balkens, nachdem der Kleine geboren war, was die Pränataldiagnostiker ausgeschlossen hatten, die Genetikerin jedoch nicht. Und auch die Kinderärztin, die

Jans balkenloses Leben per Ultraschall für beendet erklärt hatte, fand an der Tatsache an sich nichts Außergewöhnliches.

Es gibt nur einen Weg, sicher herauszufinden, ob die pränatale Diagnose noch stimmt, und das ist ein MRT des Kopfes. Dazu müsste mein Sohn eine Vollnarkose erhalten, damit er stillhält, mit allen damit verbundenen Risiken. Und das wollten wir nicht. Denn, wie der Kinderarzt der Uniklinik es so schön formulierte: Es ist ohne Bedeutung für das Kind.

Jan erkundet die Welt

Um den achten Lebensmonat herum kam Jan in das Alter, das ich schon von seinen beiden Schwestern kannte und als das schwierigste während der Babyzeit empfand. Er wollte mobil werden, loslaufen oder krabbeln, konnte aber noch nicht einmal robben und kam nicht allein vom Fleck. Und das frustrierte ihn zunehmend. Das Sitzen machte enorme Fortschritte und klappte bald schon völlig frei und sicher, aber der kleine Mann war dort, wo er saß, festgenagelt. Er konnte sich nur auf den Bauch fallen lassen, quengeln oder brüllen und auf das Mama-Taxi warten, das ihn herumtrug.

Großen Spaß machte unserem Baby das Einkaufen. Er musste nicht mehr angeschnallt in seiner Babyschale liegen, sondern saß wie eine Eins vorn im Einkaufswagen, hielt sich fest und hatte den totalen Überblick. Er versuchte, von seinem Sitz aus in die Regale zu greifen oder sich umzudrehen und sich den Inhalt des Wagens zu angeln und zu untersuchen.

Am schwersten zu ertragen war für Jan die Tatsache, dass er sich bei seinen Versuchen, mit Hilfe der Arme vorwärts zu kommen, rückwärts durch die Gegend schob, weg von den Gegenständen und Orten, die er zu erreichen versuchte. Dann wurde er richtig wütend, lag schreiend auf dem Bauch mit durchgedrücktem Rücken und fuchtelte mit Armen und Beinen in der Luft herum. Zwar versuchte er, den Popo in die Luft zu strecken, aber noch siegte die Schwerkraft.

Als nächstes lernte der Kleine, sich auf dem Bauch liegend am Boden um den Nabel zu drehen. Damit konnte er wenigstens umkehren, wenn er sich rückwärts in die falsche Richtung geschoben hatte. Wie bei meinen beiden Mädchen auch dauerte diese Phase einige Wochen, in denen er immer wieder versuchte, auf welche Weise auch immer vorwärts zu kommen, es aber nicht schaffte. Ich besorgte ihm Schuhe, damit er sich besser abstützen konnte, falls er doch anfing zu robben, stützte seine Füßchen auch mit den Händen und ließ ihn sich abstoßen, aber all das hatte keinen dauerhaften Effekt.

Sprachlich wurde er flexibler, probierte andere Silben aus und arbeitete sich über »Nana« schließlich zu »Mama« vor, wenn auch diese ersten Mama-Rufe eher sporadisch kamen. Besonders abends und nachts nach den Flaschen hatte er sich angewöhnt, noch stundenlang vor sich hin zu erzählen und bei fehlendem Echo irgendwann anzufangen zu weinen. In dieser Zeit, als er eigentlich kurz davor stand, zu seinen Schwestern ins Kinderzimmer umzuziehen, verbrachte er viele Nächte im Bett bei uns Eltern. Auch hier babbelte er munter weiter, trieb Unsinn, rollte sich auf den Bauch und steckte seine Fingerchen in Mamas Nase oder Papas Ohren, aber er schrie nicht mehr und schlief irgendwann dann doch ein.

Feinmotorisch machte er ebenfalls Fortschritte, beschäftigte sich intensiv mit Krümeln auf dem Boden, den Knopfaugen von Stofftieren oder deren Etiketten. Er probierte den Zangengriff, um kleine Dinge besser greifen zu können, stützte sich auf beide Arme, um den Oberkörper vom Boden zu heben, manchmal auch nur auf einen, um mit der freien Hand nach Gegenständen zu greifen. Jan hatte das Herumwerfen von Klötzchen und anderem Spielzeug für sich entdeckt und stupste Bälle an. Er musste alles in seiner Reichweite untersuchen, anfassen, bestaunen und in den Mund stecken.

Der kleine Mann versuchte zu stehen und zog sich an meinen Fingern und mit meiner Hilfe in den Stand. Er ließ sich aus dem Sitzen nach vorn in den Vierfüßlerstand fallen, aber er krabbelte nicht, sondern platschte auf den Bauch, auf dem er seit neuestem auch schlief. Brachte ich ihn in den Vierfüßlerstand, so schob er sich ganz klassisch nach hinten, bis er saß, und krabbelte ebenfalls nicht. Mein Baby fand einfach keinen Weg, um vorwärts zu kommen.

Meine Mädchen konnten in dem Alter zwar auch noch nicht krabbeln, das lernten sie beide fast auf den Tag genau an ihrem ersten Geburtstag, aber sie konnten robben. Die Große hatte sich mit den großen Zehen geschoben und mit den Armen vorwärts gezogen, die Kleine nur die Arme benutzt. Aber sie kamen vorwärts. Jan nicht.

Langsam machte ich mir richtig Sorgen, und natürlich spielte hier seine Balkengeschichte eine große Rolle. Ich fragte mich, wer von den Ärzten denn nun Recht hatte und ob jetzt, mit zehneinhalb Monaten, vielleicht der Zeitpunkt gekommen war, an dem sich die ersten Auffälligkeiten zeigten.

Also vereinbarten wir einen Termin bei unserem Kinderarzt, um seine Meinung zum Entwicklungsstand unseres Sohnes einzuholen. Der Arzt hörte sich meine Schilderungen an – mein Mann sah das alles viel entspannter und war nur mir zuliebe mitgekommen – und gab dann auf ganzer Linie Entwarnung. Unser Zwerg sei auf einem völlig altersgerechten Stand, seine intellektuelle Entwicklung und die Fein- und Grobmotorik vollkommen in Ordnung. Ich sollte mir wegen seiner Verdachtsdiagnose keine Sorgen machen, dazu gebe es gar keinen Grund. Er hätte vielleicht keinen Balken, aber da er alles das könne, was andere Kinder in seinem Alter auch könnten, hätte er mit Sicherheit Verbindungen zwischen seiner rechten und linken Hirnhälfte. Für ihn sei es absolut gleichgültig, ob das jetzt ein Balken sei oder andere Hirnstrukturen, die sich als Kompensation und Ersatz ausgebildet hätten.

Zu allem Überfluss und meiner grenzenlosen Erleichterung hatte Jan just an diesem Morgen doch noch einen Weg für sich gefunden, um vorwärts zu kommen, und zwar nicht den stinknormalen. Nein, mein Baby rutschte auf dem Popo durch die Gegend. An diesem ersten Tag nur ein kleines Stück, aber das sollte sich schnell ändern. Der Kinderarzt erklärte uns, dass das Poporutschen eine genauso normale Fortbewegungsart für Babys ist wie das Krabbeln und es keinerlei Hinweise darauf gibt, dass Poporutscher in ihrer Entwicklung verzögert wären oder später Auffälligkeiten zeigten. Alle dazu durchgeführten Studien hatten das ergeben.

Mein Zwerg wusste das bereits. Friedlich schlummernd lag der kleine Riese in Papas Armen. Er hatte den gesamten Arzttermin von Anfang bis Ende verschlafen. Hätte ich doch nur seine Gelassenheit aufbringen können.

Vom Poporutschen zum Krabbeln

Auch wenn es sich so anhört, so ist der Schritt vom Poporutschen zum Krabbeln kein wirklicher Entwicklungsschritt, sondern eher eine weitere Variante desselben Schrittes, nämlich des Mobilwerdens. Wie bereits gesagt, ist das Poporutschen eine dem Krabbeln in jeder Beziehung gleichwertige Fortbewegungsart für Babys; die meisten krabbeln, einige nutzen den Schwung ihres Pos, und irgendwann laufen sie alle.

Nachdem mein Sohn herausgefunden hatte, dass er mit rhythmischen Bewegungen seines Beckens den Po und damit den ganzen Jungen vom Fleck bewegen konnte und so auch nicht mehr dort festgenagelt war, wo Mama oder Papa ihn geparkt hatten, erschlossen sich ihm ganz neue Möglichkeiten.

Er konnte der Mama hinterher rutschen, wenn sie in der Küche seine Flasche machte, den Brei anrührte oder den Geschirrspüler ein- und ausräumte. Im Sitzen kam er sogar an den untersten Korb und konnte mithelfen oder seinen Schnuller hineinwerfen, wenn der es dringend nötig hatte. Die beiden Schwestern waren jetzt nicht mehr sicher, wenn sie sich in eine Ecke verkrümelten, um dort Kleine-Mädchen-Spiele zu spielen. Jan kam hinterher und wollte mitspielen. Er konnte sich die Dinge zurückholen, die er herumgeworfen hatte, um sie erneut durch die Gegend zu schmeißen. Das unterste Regalfach mit all den Bauklötzen und Legosteinen war jetzt für ihn erreichbar. Was machte es doch für einen herrlichen Lärm, so einen ganzen Eimer voller Plastikklötzchen auszukippen. Damit sicherte man sich sofort die ungeteilte Aufmerksamkeit aller Anwesenden. Bälle konnte er jetzt nicht nur hochheben, da er beide Hände frei hatte, sondern auch werfen oder rollen und anschließend wieder einsammeln. Das Leben war plötzlich voller ungeahnter Möglichkeiten, die er voller Tatendrang erkundete. Und so machte er auch rapide Fortschritte in der Kunst des

Poporutschens. Während er anfangs noch eher kurze Strecken zurücklegte, dabei gelegentlich die Balance verlor, nach hinten umkippte und
sich den Kopf anschlug, erweiterte unser Baby seinen Aktionsradius
innerhalb weniger Tage auf wenigstens Mittelstrecke und hielt das
Gleichgewicht, indem er die Ärmchen seitlich nach oben streckte.

Einen gravierenden Nachteil hatte seine Fortbewegungsart allerdings
für unseren Zwerg: Türschwellen und Teppichkanten waren unüber-
windliche Hindernisse, wie überhaupt das Rutschen nur auf glatten
Böden funktionierte, also Holz oder Stein. Auf Teppichboden war es
extrem schwierig und sehr anstrengend, so dass Jan stets versuchte,
wieder glatten Boden unter den Hintern zu bekommen.

Mit gut elf Monaten hatte unser Sohn seine U6, die Ein-Jahres-U,
die er problemlos bestand. Bei diesem Termin bekam er seine erste
Masern-Mumps-Röteln-Impfung und hatte so eine Grundimmuni-
sierung. Neben dem Poporutschen konnte er inzwischen auch eine
Weile stehen, allerdings nur, wenn ihn jemand hinstellte, im Laufstall
zum Beispiel. Sich selbst in den Stand ziehen klappte noch nicht.
Sprachlich war er bei »Nana« sowohl für meinen Mann als auch für
mich angekommen.

Eine Woche später absolvierte mein Kind seinen ersten Kita-Tag. Das
war für mich eine sehr spannende Angelegenheit, denn jetzt kam er in
eine professionelle Kinderbetreuung mit anderen, teils gleichaltrigen,
teils auch jüngeren oder älteren Kindern, und zu Betreuerinnen, die
jahrelange Erfahrung in ihrem Job hatten. Würde ihnen etwas an
meinem Kind auffallen? Würden sie mit Vergleichen kommen und
Dingen, die andere Kinder mit knapp einem Jahr konnten, ja können
mussten, und Jan nicht? Wie würde er sich schlagen, mein kleiner
Mann?
    Tapfer. Natürlich weinte er, als ich ging, aber ich blieb in der Nähe

und war für die Erzieherinnen jederzeit erreichbar, falls es dem Kleinen zuviel würde. Doch er beruhigte sich schon nach einigen Minuten und begann, seine neue Umgebung auf dem Popo zu erkunden. Er spielte, erst allein, dann auch mit den anderen Kindern, aß und vor allem trank gut und machte auch einen Mittagsschlaf. Innerhalb kürzester Zeit hatte er sich an die neue Situation angepasst.

Selbstverständlich waren die Tanten in der Kita nicht über Jans mögliche Besonderheit informiert. Und sie ihrerseits fanden an meinem Kind nichts irgendwie Auffälliges. Wie schon seine großen Schwestern, die auch mit jeweils einem Jahr in die gleiche Kita gekommen waren, hatte auch Jan diesen Schritt problemlos gemeistert.

In den nächsten drei Wochen machte er einen richtigen Entwicklungssprung. Er konnte sich im Vierfüßlerstand halten und fing plötzlich doch noch an zu krabbeln, etwas, mit dem ich gar nicht mehr gerechnet hatte. Angesichts seiner Vorgeschichte beruhigte es mich aber doch, wie ich zugeben muss. Die Über-Kreuz-Bewegung der Arme und Beine klappte anfangs noch nicht optimal, machte aber rasante Fortschritte, was die Aussage unseres Kinderarztes untermauerte, dass unser Kind definitiv Verbindungen zwischen beiden Hirnhälften haben musste. Schließlich kam er allein in jede gewünschte Position, kniete, versuchte sich an Stühlen hochzuziehen und lief die ersten Schritte an zwei Händen. Er perfektionierte das Krachmachen, hatte umso mehr Spaß daran, je öfter ich nein sagte, und hatte dann ein richtiges Schlingel-Grinsen im Gesicht. Morgens nach dem Ausschlafen rief er jetzt laut und vernehmlich »Mama«, bis jemand kam und ihn aus dem Bettchen holte. Andere Laute und Worte, die ich ihm vorsprach, versuchte er nachzuahmen. Pünktlich zu seinem Geburtstag gab es die erste Vollmilch.

Mein verhinderter Spätabbruch war ein Jahr alt – und kerngesund.

Familienurlaub

Kurz darauf starteten wir in einen zweiwöchigen Urlaub. Wir hatten eine Ferienwohnung gebucht, die komplett mit Teppichboden ausgelegt war, wie sich herausstellte. Sogar in der Küche und im Flur lag Teppich. Jetzt wurde es schwierig für mein poporutschendes Kind. Er versuchte es zwar, stellte aber sehr schnell fest, dass er so kaum vorwärts kam und besonders mit seinen Schwestern überhaupt nicht mithalten konnte, wenn die Fangen spielten oder die Ecken der neuen Umgebung erforschten.

Und so übte und perfektionierte er in den ersten Urlaubstagen seine Krabbelkünste. Es war für mich erstaunlich, wie schnell er die synchrone Überkreuzbewegung der Arme und Beine lernte und beim Krabbeln zunehmend geschickter und vor allem schneller wurde. Wir mussten aufpassen, dass wir alle Türen nach draußen geschlossen hielten, denn auch Türschwellen und die Rahmen von Balkon- oder Terrassentüren waren nun kein Hindernis mehr. Jan wollte überall hin und alles in Augenschein nehmen. Er machte sich einen Spaß daraus, uns anderen Familienmitgliedern hinterher zu krabbeln wie ein kleiner Hund oder sich von seinen Schwestern fangen zu lassen, wobei er vor Vergnügen quietschte und sich kaputt lachte.

Seine Krabbelei auf dem Teppichboden erinnerte mich an meine große Tochter. Auch sie konnte mit zwölf Monaten nicht krabbeln, und auch mit ihr fuhren wir in den Urlaub und fanden ein Hotelzimmer vor, das mit Teppich ausgelegt war. Innerhalb von zwei Tagen wurde aus meinem robbenden und sich auf dem Bauch schiebenden Mädchen eine geschickte Krabbelmaus, die allein die Stufe und die Türschwelle zum Balkon überwand, sich dort am Geländer in den Stand zog – was sie schon konnte, lange bevor sie krabbelte – und auf den Bodensee schaute.

Meine zweite Tochter war das einzige meiner Kinder, das ohne die Unterstützung durch einen textilen Untergrund das Krabbeln lernte, aber auch sie erst mit genau zwölf Monaten.

Leider waren das Wetter noch zu kalt und nass, um unseren Zwerg auch draußen herumkrabbeln zu lassen. Wenn wir unterwegs waren, musste er in den Kinderwagen, was er ganz doof fand. Deshalb versuchte er, sich im Wagen zu drehen, sich hinzuknien und über die Lehne zu sehen oder auch sich hinauszuarbeiten. Wenn wir ihn dann anschnallten, war der Ärger groß und der kleine Mann schimpfte, was das Zeug hielt. Das Laufen an den Händen klappte allerdings noch nicht gut genug, um so mit ihm spazieren zu gehen.

Als wir aus dem Urlaub zurück kamen, konnte Jan so sicher krabbeln, dass er auch auf unseren Holzfußböden Halt fand und das so süße Poporutschen kaum noch praktizierte. Und er machte den ersten echten Babyquatsch. Er fuhr sich mit den Fingern über den Mund und machte dabei Tönchen, die dann als Blubbern ankamen.

Aus der Waagerechten in die Senkrechte

Mit gut einem Jahr war Jan schließlich soweit: Er zog sich an Möbeln hoch in den Stand und lief daran entlang. Da er so unglaublich groß war, konnte er von Anfang an viele Dinge erreichen, die auf dem Couchtisch und den Polstermöbeln lagen. Und die angelte er sich nun mit Hingabe. Beliebtestes Spielzeug waren die Fernbedienungen für Fernseher, Satelliten-Receiver und DVD-Recorder. Wir versuchten natürlich, sie außerhalb seiner Reichweite aufzubewahren, aber nach einem Fernsehabend lagen sie morgens dann doch wieder auf dem Wohnzimmertisch, zur großen Freude unseres kleinen Mannes.

Den größten Spaß hatte er, wenn er es durch Zufall schaffte, den Fernseher einzuschalten und dann durch Herumdrücken auf den Fernbedienungen am Fernsehbild herumspielen konnte. Manchmal stellte er auf diese Weise Dinge ein, die wir nicht mehr rückgängig machen konnten, so dass uns als einziger Ausweg blieb, den Stecker zu ziehen und so die Heimelektronik zurückzusetzen. Zwar hatten wir in weiser Voraussicht – die Mädchen hatten die gleiche Vorliebe für Dinge mit Knöpfen gehabt – eine nicht mehr benötigte und daher funktionslose Fernbedienung für ihn aufgehoben. Doch die wollte er nicht. Er wollte eine, mit der sich wirklich etwas fernbedienen ließ.

Bei seinen ersten Laufversuchen ohne elterliche Unterstützung fiel er naturgemäß auch einige Male hin und heulte dann laut und deutlich »Aua«. Von seinen Großeltern hatte der Kleine unterschiedlich große bunte Becher geschenkt bekommen, die man sowohl ineinander als auch übereinander stapeln konnte. Damit beschäftigte er sich stundenlang und war dann ganz in sich versunken. Zuerst probierte er es nach dem Versuch-und-Irrtum-Prinzip, fand aber sehr bald heraus, dass die Farben in einer bestimmten Reihenfolge angeordnet waren und er sich danach richten konnte.

Mit seinen Schwestern konnte Jan nun auch zunehmend mehr anfangen, und sie mit ihm. Einfache Holzbausteine interessierten ihn wenig, aber wenn die Mädchen mit ihren Legosteinen spielten, war er mittendrin. Anfangs bestand das Spielprinzip darin, dass sie etwas bauten und er es auseinander nahm. Das ärgerte meine Töchter, aber nachdem sie gemerkt hatten, dass Schimpfen und Heulen nichts half, gingen sie dazu über, speziell für ihren kleinen Bruder einfache Konstruktionen wie Treppen oder Türme zu bauen, auch Muster auf den Bodenplatten zu stecken, die Jan dann zerlegen durfte. Wenn wir gemeinsam ein großes Lego-Haus gebaut hatten, machte sich der Kleine einen Spaß daraus, das Dach abzunehmen und Klötzchen und andere kleine Spielzeuge hineinzuwerfen. Um sie wieder herauszuholen, nahm er das ganze Haus auseinander.

Ab dem fünfzehnten Lebensmonat versuchte Jan sich im freien Laufen und Stehen. Er suchte sich kurze Entfernungen zwischen zwei Möbeln und machte die ersten tapsigen Schritte ohne jede Hilfe. Merkwürdigerweise konnte er etwas eher frei stehen als laufen, obwohl im Stehen das Gleichgewicht ja noch viel mehr gehalten werden muss als in der Bewegung. Wie glücklich war ich, wenn ich den kleinen Mann aus der Kita abholte und er mir freudestrahlend entgegen lief, dann vor mir stehen blieb und laut und deutlich Mama sagte. Die Entfernungen, die er laufend zurücklegte, steigerten sich beinahe täglich, und mit gut fünfzehn Monaten lief und stand er sicher. Damit war er ein paar Wochen früher als seine Schwestern, die erst mit genau sechzehn Monaten ihre ersten unsicheren Schritte wagten, nachdem mein Mann und ich sie immer wieder dazu animiert hatten. Von allein hätte es sicher noch ein paar Wochen länger gedauert.

Das Stehen und Laufen brachte einen weiteren Entwicklungsschritt mit sich, nämlich das Trotzen. Erst nur zaghaft, aber da Jan in seiner dreijährigen Schwester ein geübtes und ausdauerndes Vorbild hatte, dauerte es nur Tage bis zum ersten ausgewachsenen Trotzanfall. Natürlich ist es für die Eltern viel beeindruckender, wenn man sich aus dem Stand erst auf die Knie und dann flach auf den Boden fallen lassen kann, als wenn man das alles nur aus dem Vierfüßlerstand macht. Dazu das obligatorische Schreien, Strampeln, Schnuller und andere Sachen Werfen und »nee« Brüllen. Wenigstens praktizierte er nicht die wirklich destruktive Trotzmethode seiner großen Schwester, die sich in diesem Alter gern einfach wie ein Brett rückwärts umfallen ließ und sich so regelmäßig den Kopf anstieß. Bei ihr musste man auf der Hut sein und sie rechtzeitig auffangen; Jans Methode war dagegen harmlos.

Das Spielen machte große Fortschritte. Jan hockte sich dazu oft auf den Boden, ohne umzufallen, und kam auch problemlos wieder hoch. Mit den Lego-Steinen baute er nun große Türme und andere wilde Konstruktionen und stibitzte dazu auch ungeniert Klötzchen von seinen Schwestern oder deren Bauwerken. Er spielte stundenlang mit den Einfassungssteinen, die rings um unser Haus geschüttet worden waren, und versenkte sie in Löchern, die er fand, zum Beispiel im Sonnenschirm-Ständer, oder warf sie durch den Zaun auf die Straße.

Für Bücher begann er sich auch zu interessieren; allerdings machte es ihm noch mehr Spaß, einfach nur die Seiten umzublättern, als sich die Bilder anzusehen. Mit gut sechzehn Monaten lief er fast nur noch; das Krabbeln hatte ausgedient.

Taufe

Jan wurde relativ spät getauft. Zum einen hatten wir nach seiner Geburt wirklich andere Sorgen, als uns um kirchliche Formalitäten zu kümmern. Zum anderen war es extrem schwierig, einen Termin zu finden, an dem sämtliche Rentner-Großeltern Zeit hatten. Ich hatte mein Leben mit drei kleinen Kindern und Job schon für, vorsichtig formuliert, ausgefüllt gehalten. Was wir dann aber an Terminlisten zu hören bekamen, als wir einen Tag für die Taufe unseres Jüngsten suchten, ließ unseren Alltag erholsam erscheinen.

Schließlich standen Datum und Uhrzeit fest – dachten wir. Bei einem der, aus nicht-katholischer Perspektive, skurril-esoterischen Vorbereitungsabende wurde uns in einem Nebensatz eine andere Uhrzeit mitgeteilt als die, die wir schon seit Wochen festgemacht hatten und auf die wir den Ablauf des Tages und der Feier abgestimmt hatten. Und daran ließ sich auch nicht mehr rütteln. Die Taufe war von 15 Uhr auf 13.30 Uhr vorverlegt worden.

Für uns und unsere Gäste hatte das gravierende Nachteile. Zum einen weiß jeder, der kleine Kinder hat, dass halb zwei Uhr mittags klassische Mittagschlafzeit ist. Gut, nun hat ein katholischer Priester dieses Wissen nicht unbedingt parat, aber die Damen, die sich im freiwilligen Kirchendienst engagierten, schon; sie zogen es jedoch vor, sich rauszuhalten. Zum anderen kamen unsere Gäste aus ganz Deutschland und teils erst am Tauftag angereist, was bei drei Uhr nachmittags nicht so ein Problem gewesen wäre. Anderthalb Stunden eher bedeutete für einige jedoch sehr frühes Aufstehen und Zittern im Stau, ob sie es noch rechtzeitig schafften.

Am Tag der Taufe wurde unser Täufling also mitten in seinem Mittagschlaf geweckt und war entsprechend nörgelig und quengelig. Er wollte nicht auf unserem Schoß sitzen bleiben, sondern herumlaufen, griff und zerknüllte die Blätter mit den Liedtexten, weinte auch, pupste laut und sehr aromatisch und wollte sich um keinen Preis vom Pfarrer berühren lassen. Er brüllte, als er das Taufwasser über den Kopf bekam, drehte sich weg, als er gesalbt und gesegnet werden sollte, und brachte mit seiner unausgeschlafenen Protesthaltung den Pfarrer so aus dem Konzept, dass der fast vergaß, die Taufkerze zu segnen und sie uns anzünden zu lassen.

Nun ist es nicht so, dass ich als konfessionslose Mutter dem Taufakt keine Bedeutung beimessen würde. Im Gegenteil. Ich bin sicher, dass es Instanzen zwischen Himmel und Erde gibt, die meinem Sohn und damit uns allen geholfen haben müssen. Die Schulmedizin konnte nichts für ihn tun, außer seine Diagnose zu stellen, und trotzdem haben wir ein vollkommen gesundes, normal entwickeltes Kind. Er hatte einen Knoten in der Nabelschnur und sie noch zweimal um den Hals, als er geboren wurde, aber er hatte zu keinem Zeitpunkt einen Sauerstoffmangel erlitten. Bei unserem Zwerg gab es so viele Dinge, die furchtbar hätten schief gehen können – und nichts davon ist passiert. Ich als Mutter habe inzwischen das sichere und sehr beruhigende Gefühl, dass ich beim Behüten und Beschützen meines Kindes Hilfe habe. Und darin sollte ich kurz nach der Taufe auch wieder einmal bestätigt werden.

Insofern tat es mir schon leid, dass die aus katholischer Perspektive bedeutendste der Zeremonien des Lebens durch die Umstände derart ausgehebelt wurde. Allerdings hatte es uns auch außerhalb des kirchliches Aktes den Tag zerlegt. Wir hatten am frühen Nachmittag zwei übermüdete Kleinkinder, die sich entsprechend benahmen und nur mit Mühe zu einem verspäteten Mittagsschlaf zu bewegen waren, und viele Gäste, die nun eben nicht direkt von der Kirche zum Ort der Feier gehen konnten, sondern sich eine Weile in einem kleinen schwäbischen Nest allein beschäftigen mussten.

Die abendliche Feier in dem seit Wochen gebuchten Restaurant lief so perfekt wie der ganze Tag. Wir mussten geschlagene zwei Stunden auf das Essen warten, was die Kinder ausführlich dazu nutzten, die anderen Gäste zu unterhalten. Und unser Kleiner war mittendrin, lief den anderen quietschend hinterher, besuchte fremde Gäste an ihren Tischen und spielte mit seinem neuen Spielzeugauto. Die Kinder konnten einfach nicht stundenlang auf ihren Stühlen sitzen bleiben, abgesehen davon, dass sie abends um acht dann wirklich richtig Hunger hatten.

Am Tauftag hatte die gesamte Verwandtschaft und Bekanntschaft Gelegenheit, unseren Sohn zu erleben. Einige Gäste hatten ihn vorher noch nie gesehen, andere seine Entwicklung zumindest in größeren Zeitabständen mit verfolgen können. Keinem, absolut niemandem, fiel an unserem Kind irgendetwas auf, das nicht in Ordnung sein könnte. Seine veränderte Haarfarbe – aus dem rotblond gelockten Neugeborenen war ein quietschblonder, glatthaariger Junge geworden – und sein sicheres Laufen waren Thema, seine Schlingeleien, seine Neugier und sein Drang, alles anzufassen, zu untersuchen und zu bestaunen, auch, dass er unglaublich süß und hübsch sei. Sonst nichts.

Ein dumpfer Schlag

Es war Sonntag, ein typischer nasskalter Novembertag auf der Ost-
alb mit dem zähen, im Wortsinn erdrückenden Nebel, der sich tage-,
manchmal wochenlang nicht lichtet. Wir hatten unsere drei Mäuse,
so gut es ging, durch den Tag gebracht und mit Spielen und Toben bei
Laune gehalten. Am frühen Abend stand Baden auf dem Programm.

Die Mädchen tobten immer noch durch das Wohnzimmer, und
auch mehrere Ermahnungen und Aufforderungen, das Herumren-
nen und sich auf dem Boden Wälzen sein zu lassen, verhallten ungehört. Schließlich wurde ich streng, und der Nachdruck schien zu
wirken – dachte ich. Ich nahm Jan hoch, um ihn ins Bad zu tragen,
machte den ersten Schritt, und stolperte über die Mädchen. Durch
den Kleinen auf dem Arm war mir die Sicht nach vorn unten versperrt.
Ich versuchte, wieder Tritt zu fassen, woanders hin zu treten, aber wo
auch immer ich versuchte, Boden unter die Füße zu bekommen, war
ein Kind. Da ich meinen Jungen auf dem Arm hatte, eine Hand unter
seinem Po und die andere in seinem Rücken, konnte ich mich nirgends
festhalten, ohne ihn loszulassen. In dem Fall wäre er mir rückwärts aus
dem Arm gekippt und mit dem Kopf voran auf den Boden gestürzt. Für
diese Erkenntnis reichten die Nanosekunden aus, die ich zum Denken
hatte. Also drückte ich ihn fest an mich, und dann fielen wir beide der
Länge lang auf den Holzfußboden, ungebremst, und der Kopf meines
Jungen machte beim Aufschlag einen furchtbaren, dumpfen Knall.

Ich war in Panik. Jan brüllte wie am Spieß, die Mädchen, über die
wir gefallen waren, weil sie sich nur Sekunden nach einer scharfen
Ermahnung wieder auf dem Boden gewälzt hatten, heulten, und ich
schrie nur noch: »Wir müssen in die Uniklinik! Sofort! Wir müssen
in die Uniklinik.« Ich war überzeugt, dass sich mein Zwerg wenigstens eine Gehirnerschütterung geholt hatte, wenn nicht sogar eine
Gehirnblutung.

So schnell ich konnte, zog ich uns an und fuhr mit ihm in die Klinik zum Notdienst. Auf der Fahrt hörte er auf zu weinen, was mich eher beunruhigte, denn so konnte ich nicht hören, ob er bei Bewusstsein war. War er aber. Als wir ankamen, hatte er sich, im Gegensatz zu mir, vollkommen beruhigt und beschäftigte sich im Wartebereich mit den Spielsachen, die dort für die kleinen Patienten bereitstanden. Er lief umher, bestaunte seine ihm unbekannte Umgebung und verhielt sich völlig normal. Er lachte sogar und trieb Späßchen mit mir. Die Untersuchung brachte gar keinen Befund. Seine Reflexe waren alle da, er hatte kein Blut in Mund, Nase oder Ohren, war voll beweglich, ja hatte nicht einmal eine Beule oder einen blauen Fleck an der Stelle am Hinterkopf, auf die er aufgeschlagen war.

Ich konnte es kaum glauben! Mit mir als Schwungmasse war er aus gut anderthalb Metern Höhe ungebremst auf den Kopf gefallen – und es war ihm nichts passiert.

Wir bekamen ein Merkblatt zum Thema Kopfverletzungen, auf dem stand, in welchen Abständen ich nach ihm sehen und welche Tests ich mit ihm machen musste, auch mehrmals in der Nacht, damit sofort auffiele, wenn sich an seinem Zustand etwas änderte. In diesem Fall hätten wir sofort den Notarzt verständigen müssen.

So nahm ich meinen kleinen Glückspilz wieder mit nach Hause, legte ihn schlafen und stellte mir die Wecker, um in regelmäßigen Abständen zu schauen, dass es ihm gut ging. Und das tat es. Am nächsten Tag blieb er bei mir zu Hause, und nachdem er auch die zweite Nacht nach dem Sturz ohne Probleme überstanden hatte und mich morgens im Bett stehend, lachend und Mama rufend empfangen hatte, konnte er wieder in die Kita.

Ich hatte mir beim Fallen, oder besser gesagt, beim Aufschlag eine schwere Schulterprellung links zugezogen und konnte am Morgen danach den linken Arm nicht mehr heben und kaum gebrauchen. Mein rechtes Knie leuchtete in allen Regenbogenfarben. Ich muss wohl instinktiv versucht haben, mich um mein Kind herumzuwickeln, um den Sturz abzufedern. Allerdings bin ich mir sicher, dass auch Jans Schutzengel Überstunden gemacht haben. So viel Glück, wie er an diesem Sonntag hatte, war fast schon unheimlich. Das hätte auch ganz anders ausgehen können.

Aus dem Baby wird ein Kleinkind

Jan war nun anderthalb Jahre alt. Er hatte alle wichtigen motorischen und kognitiven Entwicklungsschritte mit Bravour gemeistert, und noch einige zusätzliche, wie zum Beispiel das Sich-selbst-Schaukeln in der Babyschale und das Poporutschen.

Er aß problemlos unser Mittagessen, wenn wir es ihm auf kindgerechte Größe zerkleinerten, nur mit Brot hatte er noch seine Probleme. Er kaute es nicht richtig und trug es geschlagene zehn Minuten im Mund herum, bis es soweit durchgeweicht war, dass er es schlucken konnte. Für ein richtiges Abendbrot waren das natürlich keine guten Voraussetzungen. Und so fütterten wir ihm morgens und abends noch eine Weile diverse Breie, schon auch mit Stücken, aber eben nicht nur Stücke.

Aus der Kita hörte ich allerdings, dass er dort Knäckebrot aß, was ja nun alles andere als weich ist, und daher versuchten wir, ihm verschiedene Knusperbrote mit und ohne Belag anzubieten. Und siehe da, das ging. Auch Reiswaffeln erbettelte er sich sehr erfolgreich von seinen großen Schwestern, wenn er seine eigene aufgegessen hatte, von Keksen und Plätzchen in der Weihnachtszeit ganz zu schweigen. Dann lief er fröhlich mümmelnd durch die Gegend, den Mund voller Kekse und den Rest, der beim besten Willen nicht mehr hineinpassen wollte, in der Hand.

Kurz darauf ging dann auch Brot. Es dauerte zwar eine Weile, bis Jan so eine Scheibe aufgegessen hatte, aber er machte deutliche Fortschritte. Nur das Stopfen konnten wir ihm noch nicht abgewöhnen, weshalb er gefüttert werden bzw. die Bröckchen zugeteilt bekommen musste. Hätten wir ihm den Teller zur Selbstbedienung vor die Nase gestellt, hätte er sich die halbe Schnitte auf einmal in den Mund gestopft.

Seine Flasche hielt er schon eine ganze Weile selbst, wenn er nicht gerade sehr müde war. Dann kuschelte er sich einfach auf meinen Bauch und ließ mich die Flasche halten.

Beim Spielen mit seinen teils musizierenden Spielsachen erwischte ich ihn, wie er zur Musik tanzte, also rhythmisch in die Knie ging und mit dem Popo wackelte. Beim Tragen fiel mir irgendwann auf, dass er irgendwelche harten Gegenstände unter seinem T-Shirt hatte. Als ich sie herausholen wollte, merkte ich, dass sie sogar noch eine Lage tiefer steckten, in seinem Body. Mir war nicht klar, wie sie dorthin gekommen waren, und anfangs hatte ich die Mädchen im Verdacht, mit ihrem kleinen Bruder Schabernack getrieben zu haben. Aber ich erkannte sehr schnell, dass er sie dazu gar nicht brauchte. Nachdem ich die Lego-Klötzchen und Figuren entfernt hatte, dauerte es gar nicht lange, bis Jan selbst sich die nächsten vorn, vorzugsweise jedoch hinten, in den Body steckte. Wir mussten höllisch aufpassen, dass er nicht versehentlich mit Bauklotz in der Kleidung im Autokindersitz oder im Kinderwagen festgeschnallt wurde.

Auch die Erzieherinnen in der Kita verblüffte er mit dieser Masche. Die fragten sich, woher die Spielzeug-Heugabel oder der Lego-Polizist kamen, die plötzlich auf dem Wickeltisch lagen, kamen aber nicht auf die Idee, dass die Sachen meinem Sohn aus der Unterwäsche gefallen waren.

Sprachlich machte er mit ca. achtzehn Monaten einen großen Schritt vorwärts. Er perfektionierte nicht nur weiter sein Nein, sondern sagte nun auch ja, spielte mit mir das Nein-Doch-Spiel, sagte Bob zu Bob, dem Baumeister, und konnte die Wörter essen, eins (nur ein Bröckchen Brot), tschüss, lecker, runter (vom Arm oder Babystuhl) und laufen richtig verwenden. Nachsprechen konnte er noch viel mehr, so zum Beispiel danke und bitte, husch, Schnuller, Flasche, Auto oder meins. Am aus Babysicht doch eher komplizierten Namen Karolina seiner großen Schwester versuchte er sich ebenfalls, sowie an seinem eigenen. Seine zweite Schwester Marie zu rufen war dagegen leicht, zumal Karolina sie oft mit einem empörten »Marie!!« ausschimpfte, wenn etwas nicht nach ihrem Kopf ging. Dieses aufgebrachte ›Marie‹ schien ihm besonders Spaß zu machen, und ich konnte abends, wenn sie alle drei in ihren Betten lagen, oft hören, wie Jan laut qietschend nach Marie rief und sich dann alle drei vor Lachen kugelten, statt zu schlafen.

Wenn er sprachlich nicht ausdrücken konnte, was er wollte, fand er Wege, es non-verbal zu verdeutlichen. Als ihm einmal die Teemischung aus der Kita nicht schmeckte, die er noch in der Flasche hatte, trank er einfach nicht, sondern lief in die Küche und stellte sich vor den Wasserkocher, bis der Papa ihm seinen gewohnten Tee gekocht hatte, den er dann auch leer trank.

Mit neunzehn Monaten entdeckte Jan schließlich das Klettern für sich. Er stieg auf die kleine Spielzeugtruhe und von dort auf die große, stellte sich hin und sah aus dem Fenster. Kurz darauf war dann das Sofa dran, was noch viel mehr Spaß machte, weil er darauf herumhüpfen konnte, sowohl im Sitzen als auch im Stehen, und darauf herumzulaufen und sich dann fallen zu lassen war die größte Herausforderung – für uns Eltern. Wir mussten eigentlich an mehreren Orten gleichzeitig sein, um ihn aufzufangen, wenn die Schwerkraft siegte. Sehr bald übte er sich aber auch im unfallfreien Absteigen, Füße und Popo voran. Die Stehlampe hinter dem Sofa hatte es ihm besonders angetan, da sie mit einer dünnen Kordel an- und ausgeschaltet wurde. Das Licht-an-Licht-aus-Spiel konnte er stundenlang spielen, aber da seine großen Schwestern die Kordel schon einmal abgerissen hatten, versuchten wir, ihn zu bremsen, oft mit mäßigem Erfolg.

Als ich Jan bei seiner Akrobatik einmal gefilmt hatte und ihm anschließend die Bilder zeigte, wischte er sich selbst durch die Fotogalerie und versuchte, die kleinen Filmchen zum Laufen zu bringen.

Laufen

Unser kleiner Junge entwickelte nach dem achtzehnten Lebensmonat einen unglaublichen Bewegungsdrang. Er konnte kaum zwei Sekunden ruhig auf dem Popo sitzen, sondern war permanent unterwegs.

Im Haus spielte er mit seinen Schwestern gern fangen in der ersten Etage, in der man im Kreis laufen konnte. Dann rannten die beiden Mädchen lautstark vorneweg und der Zwerg quietschend hinterher. Stufen und Treppen entfalteten ihren ganz speziellen Reiz. Mit einer Hand am Geländer und der anderen in der Hand eines Erwachsenen lief mein kleiner Mann die Treppen hinauf und hinunter, immer wieder. Für mich war das eine enorme Erleichterung. Nach unserem gemeinsamen Sturz hatte meine angeschlagene Schulter sich nicht wieder richtig erholen können, da ich Jan doch noch immer wieder herumtragen musste, ganz besonders zwischen den verschiedenen Etagen, wenn er eine frische Windel brauchte oder ins Bett gebracht wurde. Jetzt lief er die Treppen und zappelte auch wild auf dem Arm herum, wenn man ihn nicht ließ.

Wenn es das Wetter erlaubte, war er mit seinen Schwestern und natürlich einem Erwachsenen stundenlang draußen. Meist fing das Outdoor-Programm mit einem durchaus längeren Spaziergang an, den auch der kleine Mann komplett zu Fuß zurücklegte. Der Buggy war zwar immer mit dabei, aber nur, damit die drei Kinder etwas hatten, worum sie sich zanken konnten. Buggyschieben war eines ihrer liebsten Hobbys. Gewöhnlich schob und lenkte eines der Mädchen und Jan »half«. Damit war er zufrieden.

Nach dem Spazierengehen spielten die Kinder oft noch Fußball vor dem Haus. Zuerst lief der Kleine dem Ball hinterher, hob ihn auf und warf ihn. Nach etwa zwei Wochen hatte er sich dann aber den Trick bei seinen großen Schwestern abgeschaut und kickte wie ein Weltmeister, vorzugsweise in eine Richtung, in der grad niemand stand.

Abends war Jan nach solchen Tagen hundemüde – zumindest erweckte er diesen Eindruck. Beim Abendessen fielen ihm fast die Augen zu, das Bettchen-Programm ließ er ohne Zappeln über sich ergehen, und er war sofort ruhig, wenn er im Bett lag. Ob er wirklich schlief oder sich nur ausruhte, wissen wir nicht. Es war auch egal. Denn wenn seine Schwestern circa anderthalb Stunden später ins Bett gingen, stand ihr kleiner Bruder quietschfidel und sehr ausgeruht in seinem Bett, erzählte, lachte, machte Unsinn, warf seinen Schnuller und seinen Kuschelhasen durch die Gegend und eröffnete eine meist ein- bis zweistündige Karnevalssitzung, deren Höhepunkte wir übers Babyfon verfolgen konnten. Auffällig war, dass Jan meistens als Letzter einschlief. Obwohl er so einen Krach machte, konnten meine Töchter dabei schlafen und taten es auch.

»Scheiße«

So wie unser Sohn sehr viele schöne und nützliche Sachen von seinen großen Schwestern lernte, brachten sie ihm auch Dinge bei, deren Nutzen sich wahrscheinlich erst in späteren Jahren erschließt.

An einem Samstag im Winter war es soweit: Jan sagte »Scheiße«. Wer von den Mädchen die Quelle war, wussten wir nicht, nur, dass wir Eltern es nicht selbst waren. Nach unseren Erfahrungen mit den beiden Mädchen war uns klar, dass gerade solche Wörter sich sehr schnell und leicht einprägen und dann ständig wiederholt werden. Deshalb legten wir großen Wert darauf, in Gegenwart der Kinder Schimpfwörter dieser Preisklasse nicht zu benutzen.

Wie dem auch sei, Jan hatte ein neues Wort gelernt und übte es fleißig. Je mehr wir nein sagten, desto lustiger fand er es und desto ungenierter wiederholte er es. Also ließen wir ihn schließlich in Ruhe, und unser kleiner Mann lief fröhlich »Scheiße« deklamierend durchs Haus, unterstützt von seinen Schwestern.

Endspurt zum zweiten Geburtstag

Jan profitierte, wie jedes nachgeborene Kind, sehr von der Anwesenheit seiner älteren Schwestern. Obwohl er ihnen manchmal auf die Nerven ging, weil er Dinge, die sie gebaut hatten, wieder kaputt machte, bezogen sie ihn doch meistens in ihre Spiele mit ein. Für seine große Schwester, die sich auch voller Stolz so fühlte, hieß das, wirklich mit ihm zu spielen, ihm Spielzeug in die Hand zu drücken und zu zeigen, was man damit anfangen konnte. Für die Kleine war es eher das Gegenteil. Sie hatte den größten Spaß daran, Jan sein Spielzeug wegzunehmen und dann unschuldig zu tun, wenn er anfing zu brüllen. Beides war wichtig für unseren Sohn, denn so lernte er, sich gegen größere Kinder auch einmal durchzusetzen und zu wehren.

In seinem zweiten Frühjahr, als er völlig sicher lief und auch beim Rennen kaum noch hinfiel, entdeckte er die Natur für sich: Blätter, Blüten, Insekten, Erde, Wasser, Matsch, Dreck, Steinchen. Er wühlte mit Hingabe im Kies und Split auf dem Gehweg, steckte sich auch wieder Steinchen in die Unterwäsche, die beim Wickeln dann herausgerieselt kamen, und sah oft aus wie ein kleines Ferkel, wenn er vom Spielen hereinkam.

Er liebte den Puppenwagen seiner Schwestern, mit dem er sowohl draußen als auch drinnen herumflitzte, auch absichtlich Schlangenlinien fuhr und seine Schätze transportierte. Mit seinem Bobbycar konnte er noch nicht so richtig etwas anfangen. Zwar wusste er, wie er sich darauf setzen musste und wie er damit vorwärts kam, aber es reizte ihn noch nicht. Viel lieber schob er es am Lenkrad rückwärts durch die Gegend oder drückte auf die Hupe. Mit dem Schlüsselbund seiner Schwestern, einer Sammlung von Schlüsselrohlingen, die wir gekauft hatten, weil wir die Trotzanfälle wegen unserer Schlüssel leid waren, versuchte er Türen auf- oder zuzuschließen. An die Türklinken reichte er trotz seiner Größe noch nicht heran, zumindest nicht in unserem

Haus. Anderswo aber gelegentlich schon, und da versuchte er sich am Türenöffnen. Zwar malte er nicht, aber er versuchte, mit den Buntstiften seiner Schwestern Spuren auf deren Bildern zu hinterlassen, oder er kritzelte die Tafel voll. Die Handhabung des Telefons hatte er ebenfalls verstanden und hielt sich den Hörer – fast richtig – vors Gesicht oder in den Nacken.

Sprachlich konnte Jan sich zunehmend besser verständlich machen. Er konnte Dinge konkret benennen, die er haben wollte, zum Beispiel Kekse, die Flasche, Essen, die Biene Maja oder Bob, den Baumeister als Begleitprogramm zum Abendessen. Letzteres ging so weit, dass er wirklich erst anfing zu essen, wenn der Film anfing; während des Vorspanns weigerte er sich. Zum Glück hatten unsere beiden Mädchen den gleichen Knall kultiviert, so dass ich auch hier wusste, dass es ganz normal war und sich auswachsen würde.

Jans Version von ›haben wollen‹ war »mir«. Wollte er also ein Auto, sagte er »Auto mir«, sollte die Mama bei ihm bleiben, hieß das »Mama mir« usw.. War etwas leer, gegessen oder getrunken oder auch ausgekippt, sagte er »alle, alle«. Sein erster Satz kam mit ungefähr 20 Monaten und lautete »Es stinkt.« Das tat es wirklich. Während seine Schwestern neben ihm noch beim Abendessen saßen, hatte Jan lautstark gepupst und sich darüber vor Lachen ausgeschüttet. Und da er mit seinem Verhalten so viel Aufmerksamkeit und Kichern auch von den Mädchen erntete, pupste er einfach fröhlich weiter.

Kurz vor seinem zweiten Geburtstag verblüffte er mich dann mit der Frage »Was machst du?«. Nun, ich hatte Kinderquatsch mit ihm gemacht, aber er wollte offensichtlich nicht mehr und beschwerte sich mit dieser Frage bei mir. Als ich ihn noch einmal kitzelte, meckerte er mich ein zweites Mal an. Sein »Was machst du?« klang jetzt schon etwas ungnädiger.

In diesem Alter perfektionierte er auch das Schlingeln. Er neckte ganz bewusst die Menschen in seiner Umgebung mit Dingen, von denen er genau wusste, dass er sie nicht tun sollte, und freute sich, wenn sie sich ärgerten. Ich weiß gar nicht, wie oft wir ihm verboten hatten, auch durchaus mit Nachdruck, die Kieselsteine aus der Hauseinfassung über den Zaun die Gartentreppe hinunter zu werfen. Ohne Erfolg. Sobald wir ihm den Rücken zukehrten, flog der nächste, und wir durften die Steine anschließend von der Treppe aufsammeln – nur damit Jan sie wieder werfen konnte. Gleiches galt für Bälle, die über das Balkongeländer immer wieder auf die Straße geworfen wurden, und Kuscheltiere, die über die Treppenabsperrung im Haus ins Treppenhaus flogen. Jedesmal, wenn er wieder schneller gewesen war als die Großen und etwas mit Erfolg irgendwo hinuntergeschmissen hatte, freute er sich diebisch und lachte sein schmutziges Kleine-Jungen-Lachen. Die beiden Mädchen waren unermüdlich dabei, ihrem Brüderchen seine Munition wieder zu holen, aber irgendwann hatten sie auch die Nase voll, und Jan stand nörgelnd am Treppengitter und kam nicht mehr heran.

Wir versuchten auch, ihm das Essen mit dem Löffel zu zeigen. Seine große Schwester konnte zwar erst nach dem zweiten Geburtstag allein mit dem Löffel essen, die kleine allerdings war mit 18 Monaten soweit und wollte sich partout nicht mehr füttern lassen.

Jan lag dazwischen. Zwar konnte er den Löffel selbst halten und davon essen – doch er ließ sich, zumindest vorläufig, lieber weiter füttern, damit er in Ruhe beim Essen Biene Maja schauen konnte. Prioritäten zu setzen lernte er demnach schon sehr früh.

»Tür zu«

Mit knapp zwei Jahren entwickelte unser Zwerg einen ausgewachsenen Ordnungsfimmel. Alles musste so sein, wie es sich in seinen Augen gehörte. Auf seine Flasche gehörte ein Deckel, ebenso auf die Butterdose beim Frühstück und auf sämtliche Marmeladengläser. Wenn seine Schwestern fertig waren mit frühstücken oder Abendessen, rückte Jan die Stühle unter den Tisch und den Tisch an die Seite, damit er nicht im Weg stand.

So richtig in seinem Element war er, wenn irgendwo Türen aufstanden. Das ging nun wirklich nicht. Die Zimmertüren mussten stets geschlossen sein, die Autotüren schlug er mit Vorliebe zu, die Tür der Duschkabine, die wir Eltern gern offen ließen, damit die Kabine trocknen konnte, wurde mit Schwung zugeschmissen, und wenn ich kurz im Bad war, um etwas abzuwaschen, konnte ich mich darauf verlassen, dass mein Sohn hinter mir die Tür zuknallte.

Gleiches galt selbstverständlich für Schränke und Schubladen. Es war sehr schwierig, in Ruhe die Kleidung für die Kinder oder für mich aus dem Schrank zu suchen oder Wäsche wegzuräumen, weil Jan ständig die Schranktüren zumachte, egal, ob jemand davor stand oder nicht. Auch der offene Geschirrspüler sorgte für Irritationen.

Glücklicherweise hatte er bei seiner Tür-zu-Marotte mal wieder einen Schutzengel, der damit beschäftigt war, Jans Finger zu hüten; nicht einmal klemmte er sich ein.

Balkenkind wird zwei

Vor fast zweieinhalb Jahren hatten wir die Auskunft erhalten, dass unser Junge mit hoher Wahrscheinlichkeit schwere Einschränkungen seiner geistigen Leistungsfähigkeit und seiner körperlichen Beweglichkeit haben würde. Bezeichnend dafür war die Frage, ob Jan jemals in den Kindergarten gehen könnte.

An seinem zweiten Geburtstag hatten wir nun ein Kind, das nicht nur seit einem Jahr in die Kita ging, und zwar in eine ganz normale, keine für Kinder mit Besonderheiten, und dort als das ganz gesunde Kind durchging, das er war. Wie bereits gesagt, hatte niemand die geringste Ahnung von Jans vorgeburtlicher Diagnose.

Wir hatten auch einen kleinen Mann, der ein richtiger Wirbelwind geworden war, ein typischer Junge. Er konnte keine zwei Sekunden still sitzen, sondern war ständig in Bewegung. Mal rannte er mit seinen Schwestern im Haus im Kreis herum und quietschte vor Vergnügen, mal tobte er ausgelassen auf dem Sofa, kletterte hinauf und unfallfrei wieder hinunter, ließ sich umfallen, grub sich in die Kissen, hüpfte herum und kuschelte sich zwischendurch an Mama oder Papa. Wann immer das Wetter es erlaubte, machte er mit seinen Geschwistern zusammen lange Spaziergänge und buddelte hingebungsvoll im Sandkasten auf dem Spielplatz, versuchte von unten auf die Rutsche zu klettern und hatte einen Riesenspaß, wenn ein Erwachsener ihn daraufsetzte und runterrutschen ließ. Noch besser war es, wenn eine seiner Schwestern im Doppelpack mit ihm zusammen rutschte. Er spielte Ball, kickte ihn herum, aber am liebsten warf er ihn irgendwo hinunter oder hinein, wo man ihn schlecht wieder herausholen konnte, und freute sich diebisch, wenn er die großen Leute mal wieder erfolgreich ausgetrickst hatte. Auch das Fahren mit dem Bobbycar hatte er gelernt, aber er rannte viel lieber herum.

Sich einfach ganz normal auf seinen Kinderstuhl zu setzen, fand er

langweilig. Viel besser war es doch, der vierjährigen Schwester nachzu-
eifern, die über die Armlehne in den Stuhl kletterte. Auch das klappte
unfallfrei. Sein Faible fürs Treppenlaufen hatte er behalten. Kleinere
Treppen schaffte er inzwischen allein, sowohl hinauf als auch hinunter.
Die großen Treppen im Haus lief er allein hinauf, natürlich mit einem
Erwachsenen direkt hinter ihm, falls er doch einmal das Gleichgewicht
verlor, was jedoch jetzt kaum noch passierte. Treppabwärts reichte inzwischen eine Hand aus. Und Jan fing an, beim Treppelaufen Unsinn
zu treiben, einzelne Stufen zu hüpfen statt zu laufen und sich bewusst
viel zu tief oder zu hoch festzuhalten.

Seine geistige Entwicklung verlief genauso optimal. Jan sprach von
sich selbst zunehmend als »ich«, redete auch in ganzen Sätzen: »Ich
mag Joghurt.« oder »Was machst du da?«, um nur zwei Beispiele zu
nennen. Er echote weiterhin alles, was er hörte und sorgte für Lacher,
wenn seine kleinere Schwester auf dem Thron saß und »Feeertig!« rief
und Jan antwortete: »Ich komme!«, wie er es von uns Großen gehört
hatte. Er kommentierte seine Körpergeräusche, die auch so nicht zu
überhören waren, und schlingelte sich um das Zu-Bett-Gehen herum, indem er auf das Sofa kletterte, sich hinter dem Couchtisch
verschanzte und verkündete: »Ich komm hier nicht durch!« Brummte
es am Himmel, so rief er »Flugzeug« oder »Hubschrauber«, je nachdem, worum es sich handelte. Beim Autofahren erzählte er uns, wenn
er einen Bus, einen Laster oder einen Zug sah. Ganz besonders aber
faszinierten ihn große Schiffe, wobei für ihn jedes Schiff »ein groooßes
Schiff!!« war. Bei unserem Familienurlaub an einem der süddeutschen
Seen konnten wir uns voll und ganz auf unseren wandelnden Fahrplan
verlassen. Wann immer ein Ausflugsdampfer in Sichtweite kam, verkündete unser Sohn lautstark: »Da kommt ein großes Schiff.«

Wie alle Kinder, oder zumindest alle unsere Kinder, liebt Jan das
Wasser. Im Urlaub erfüllte es in erster Linie zwei Hauptaufgaben: sich
damit patschnass zu machen und Steine hineinzuwerfen. Stundenlang
verbrachten wir mit den Kindern am Ufer. Die Mädchen und ich

liefen im seichten Wasser herum, aber für unseren Kleinsten war es noch zu kalt. Er planschte mit den Händen, oder besser gesagt, mit den Armen im Wasser und warf mit Hingabe kleine und auch größere Steine hinein. Die sammelte er schon auf dem Weg zum Ufer, obwohl es dort mehr als genug gab, und schmiss bei Ankunft gleich eine ganze Handvoll mit Schwung hinein.

Wie seine Schwestern entdeckte Jan seine Liebe für das Telefon, das er auch richtig benennen konnte, und fürs Telefonieren. Wenn also jemand von uns Großen telefonierte, quengelte er so lange, bis er den Hörer bekam. Er hielt ihn sich inzwischen richtig an Ohr und Mund und sagte »Hallo Oma« oder »Hallo Mama«. Mit dem gesperrten Telefon konnte er jetzt nichts mehr anfangen; er merkte, dass es nicht richtig funktionierte und schimpfte.

Wenn seine Schwestern »Mensch ärger dich nicht« spielten, bestand Jans Beitrag als Erstes darin, alle Würfel zu stibitzen und laut zu schimpfen, wenn er auch nur einen davon wieder hergeben sollte. War das geklärt, schnappte er sich übrige Männchen aus dem Spielkarton und platzierte sie wild auf dem Spielbrett. Da seine Schwestern laut zählten, wenn sie würfelten und ihre Spielfiguren rückten, konnte Jan sehr bald die Zahlen eins bis sechs, kurz danach auch bis fünfzehn, die sie ihm aktiv beibrachten. Zwar konnte er keine Dinge zählen, aber er beherrschte die Reihenfolge der Zahlen – meist – richtig.

Natürlich sprach er auch noch eine Menge Baby – Chinesisch, wie es mit 24 Monaten alle Kinder tun. In seiner sprachlich – intellektuellen Entwicklung stand er zwischen seinen beiden Schwestern. Unsere Erstgeborene war doch etwas langsamer gewesen, Jans zweite Schwester dafür deutlich schneller. Das war dann auch bei der Zwei-Jahres-U positiv in ihrem gelben Untersuchungsheft vermerkt worden. Doch auch unsere Große hatte diese U7 damals anstandslos bestanden.

Zweijahres – TÜV

Die U7, die Vorsorgeuntersuchung, die um den zweiten Geburtstag des Kindes herum durchgeführt wird, war für mich als Jans Mutter eine neue Erfahrung. Zum ersten Mal sah ich dem Baby – Check gelassen entgegen. Keine Ängste, keine Befürchtungen, keine schlimmen Träume oder Schlafstörungen im Vorfeld. Ich *wusste*, dass mit Jan alles in Ordnung war. Die Frage war nur, ob der Kinderarzt das auch so sehen würde.

Der Test, welche Gegenstände Jan alle schon benennen konnte, wurde zunächst durch die Umstände ausgehebelt. Mein kleiner Mann interessierte sich viel mehr für die Kirchenglocken, die vor dem offenen Fenster läuteten, was Jan mit »ding-dong« kommentierte, als für das Bilderbuch, das ihm der Kinderarzt vor die Nase hielt. Dann fuhr die Jalousie brummend nach oben, alles viel aufregender zu beobachten, als einen Eimer in einem Buch zu finden. Auch die Frage an meinen Sohn, ob er denn seine Hände und Füße zeigen könnte, verhallte ungehört. Vielleicht hätte der Arzt nach »Käsefüßen« fragen sollen; die kannte der Zwerg vom allabendlichen Bettchen-Ritual, wenn sie beschnuppert und unter vielen lustigen Grimassen gewaschen wurden. Gott sei Dank zeigte Jan aber wenigstens auf seine Nase und erklärte dem Arzt, dass es die Nase war, bevor er den Zeigefinger darin versenkte und sich wieder dem hölzernen Vogel zuwandte, der an dünnen Fäden über der Untersuchungsliege schwebte. »Ein Vokel!«

Da der kleine Mann jedoch anfing, laut und in teils vollständigen Sätzen zu erzählen und wörtlich alles zu wiederholen, was wir besprachen, glaubte mir der Kinderarzt, als ich ihm sagte, dass mein Kind sehr viele Dinge benennen könne, die er in natura vor sich habe. Beim Autofahren wurden die Laster, Busse und Züge kommentiert, beim Essen Löffel, Apfel, Gurke, Jogurt und das gewünschte Fernsehprogramm, beim Malen Stift und Papier, beim Spielen Ball, Puppe, Buggy und die geliebten »Steinchen«, beim Schlafengehen die frische Windel, die Flasche, der Schnuller, die Gute-Nacht-Geschichte und das »Hei-abett«. Nahm man ihm etwas weg, protestierte er laut: »Das ist meine!«

Auch die Fragen nach Jans motorischer Entwicklung konnte ich guten Gewissens meist mit ja beantworten. Er fuhr Bobbycar, konnte etwas lenken, aber noch nicht perfekt, er konnte die Treppe allein nach oben laufen und mit Hilfe wieder herunter, kleine Treppen auch ganz allein, er konnte einen Stift halten und auf Papier kritzeln, werfen und einen Ball treten und immer besser mit dem Löffel essen, mit den Fingern sowieso. Zudem konnte er auf Sitzmöbel klettern und auch wieder herunter, ohne sich weh zu tun.

Was er noch nicht konnte, war freihändig hüpfen, mit Festhalten am Geländer des Kinderbettchens aber schon.

Mein Zwerg war immer noch ein Riese, aber ein absolut symmetrischer. Die Werte für sein Gewicht, seine Größe und seinen Kopfumfang lagen alle genau auf der neunzigsten Percentile. Nur zehn Prozent aller Gleichaltrigen waren also noch größer und schwerer als er.

Da das so war, riet uns der Kinderarzt davon ab, Jans Hormonwerte noch einmal überprüfen zu lassen. Die Wahrscheinlichkeit, dass er nicht genügend Wachstumshormone produziere, sei doch eher gering.

Jans Zwei-Jahres-U ergab, dass wir einen körperlich und geistig völlig normal, ja sogar richtig gut entwickelten Sohn hatten, der laut Arzt einige Dinge gerade im sprachlichen Bereich konnte, die manchem Dreijährigen noch schwer fielen.

An diesem Tag musste ich wieder über das Dilemma der Pränataldiagnostik nachdenken. Ich hatte ein quietschblondes, aufgewecktes, agiles, kerngesundes Wunschkind – um das ich mir seit nunmehr zweieinhalb Jahren mehr oder minder große Sorgen machte. Völlig umsonst, wie sich mit jeder Untersuchung immer wieder herausstellte, aber eben stets erst hinterher.

Ich gebe jedoch zu, dass sogar ich mit zunehmendem Alter Jans mehr Sicherheit und Gelassenheit im Umgang mit seiner Diagnose gewinne – falls sie nicht ganz und gar inzwischen veraltet ist, wie es die Schädel – Sonografie im achten Lebensmonat vermuten lässt.

Und über eines war und bin ich mir immer sicher, egal, wie groß meine aktuellen Befürchtungen und Sorgen gerade sein mögen: Jan behalten und geboren zu haben, ihn gegen alle Möglichkeiten im Umgang mit einem potentiell behinderten Kind verteidigt und beschützt zu haben, ihn festgehalten und ihm die Chance gegeben zu haben, unser kerngesunder Zweijähriger zu werden, war die beste Entscheidung meines Lebens. Und die für mich einzig mögliche.

Und vielleicht wird er ja eines Tages doch Pilot…

Wie es uns Eltern ging

Wie ich bereits angedeutet habe, hatten mein Mann und ich sehr unterschiedliche Wege, mit der Diagnose unseres Kindes umzugehen. Daran hat sich bis zum heutigen Tag auch nichts geändert.

Für meinen Mann war die Sache nach der Geburt seines gesunden Sohnes erledigt. Er machte sich keine Sorgen, wartete nicht wie ich sehnsüchtig auf jeden kleinen und großen Fortschritt und legte, was Jans Entwicklung anging, eine bemerkens- und beneidenswerte Gelassenheit an den Tag. Als ich ihn einmal fragte – Jan war ca. 20 Monate alt – wie oft er an den fehlenden oder auch nicht fehlenden Balken seines Kindes denke, sagte er schlicht »Gar nicht«. Ich konnte es gar nicht glauben und fragte noch einmal, ob er nicht wenigstens manchmal daran denken müsste, aber er verneinte auch das. Jan sei gesund, er hätte nichts.

Ich dagegen habe seine Diagnose täglich auf dem Radar. Nicht, weil es Gründe gäbe, mir Sorgen zu machen, im Gegenteil. Doch irgendein kleiner Gedanke, und sei es auch nur ein Nebensatz, in dem Jans Balken Thema ist, schleicht sich garantiert ein. Da sich unser Sohn so völlig unauffällig entwickelt, sind es in aller Regel keine sorgenvollen Gedanken, sondern eher solche der Erleichterung und das Bewusstsein, was uns und unserem Kind erspart geblieben ist, meist unter der Überschrift »Obwohl er keinen Balken hat,…« bzw. nach dem legendären Ultraschall im 8. Lebensmonat »Obwohl er vielleicht keinen vollständigen Balken hat,…«.

Ich genieße es jeden Tag, meinen Sohn dabei zu beobachten, wie er sich seines Lebens freut. Wenn er ganz in sich versunken mit der Holzeisenbahn spielt, seine Becher stapelt oder Bauklötze sortiert, könnte ich ihm stundenlang zusehen. Wenn er sich Kekse mopst oder erbettelt, im Bett herumhüpft oder – ganz kleiner Junge – beim Windelwechsel regelmäßig kontrollieren muss, ob alles noch dran ist, könnte ich ihn vor Glück und Liebe einfach nur endlos knuddeln. Gleichzeitig muss ich bei solchen Gelegenheiten immer daran denken, was für ein Verlust es für mich gewesen wäre, all das nicht erleben zu dürfen. Wie es mir jetzt wohl ginge, wenn ich mein Kind nicht mit ganzer Kraft festgehalten und beschützt hätte. Wie es wäre, an seinem Grab zu stehen, wissend, dass ich ihn dort hin gebracht habe, statt ihn zu kitzeln und zu versuchen, seine Hände aus der Windel zu kriegen. Und ich weiß, wie furchtbar ich mich fühlen würde, wie die Trauer und die Schuldgefühle mich auffressen würden. Die »Was wäre, wenn...« -Frage, auf die es nie eine Antwort gegeben hätte, hätte mich mein Leben lang verfolgt und aufgerieben. Ich hätte es jeden Tag und jede Stunde bereut, meinem Kind nicht die Chance gegeben zu haben, das zu werden, was er jetzt ist: ein kerngesunder kleiner Junge.

Was hätten wir nicht alles verpasst? Trotzanfälle, Spuckanfälle, Lachanfälle. Dieses herrlich schmutzige, unglaublich ansteckende Babylachen, dem ich nie widerstehen kann. Die Kuschelmomente, wenn er sich in meinen Armen beruhigt hat, eingeschlafen ist, die Welt von oben betrachtet hat. Die langen Hoppe-Reiter-Spiele, wenn er stundenlang auf meinem Schoß sitzt. Jedes Mal, wenn der Reiter in den Sumpf geplumpst ist und Jan sich in meine Arme hat fallen lassen, zieht er sich wieder hoch, sagt »Reiter« und hoppelt, bis wir wieder losreiten. Ein ganzes Leben hätte ich verpasst, das Leben meines Kindes. Ich habe es nicht eine Sekunde lang bereut, mich für mein Kind entschieden zu haben. Für mich, ganz subjektiv, war es die einzig mögliche Entscheidung, die einzige, mit der ich leben kann. Natürlich wird sie mir ungemein dadurch erleichtert, dass ich ein gesundes Kind habe. Wie ich dazu stehen würde, wenn wir alle weniger Glück gehabt hätten, ist eine berechtigte Frage, die ich jedoch nicht beantworten kann. Dazu fehlt mir die Erfahrung, wie es ist, ein behindertes Kind zu haben.

Die Abtreibungsdebatte, die in regelmäßigen Abständen in den Medien auftaucht, ist ein heikles Thema für mich, das sofort schlimme

Erinnerungen an die Zeit nach Jans Diagnose wach ruft. Ich bin absolut dafür, dass Frauen die Entscheidungsfreiheit und das Recht haben, eine Schwangerschaft beenden zu lassen. Auf der anderen Seite kann ich nur sehr schwer nachvollziehen, wie man eine solche Entscheidung fällen und damit leben kann. Deutlich leichter fällt es mir, wenn medizinische Gründe vorliegen. Welche Gespräche und Gefühle dann über die Betroffenen hereinbrechen, habe ich ja nun selbst erlebt. Für Schwangerschaftsabbrüche als Mittel der Familienplanung oder aus Gründen der Selbstverwirklichung fehlt mir dagegen das Verständnis – ohne dass ich deshalb das Recht eingeschränkt sehen möchte.

Auch Berichte über behinderte Kinder lösen in mir stets ein überwältigendes Gefühl der Dankbarkeit aus und große Bewunderung für all die Eltern, die nicht unser Glück hatten, die sich aufopferungsvoll um ihre Kinder kümmern und sie so lieben, wie jedes Kind geliebt werden sollte, bedingungslos.

Nach über zwei Jahren mit meinem Zwerg bin ich langsam auf dem Weg, den Jan schon immer geht: Ich lerne, mich darauf zu verlassen, dass mein Junge gesund ist und sich gut und altersgerecht entwickelt. Dass nicht jedes Wehwehchen etwas mit seinem vielleicht nicht ganz vollständigen Balken zu tun hat. Um es genau zu sagen: Alles, was er bis jetzt hatte, von der Erkältung über den fiebrigen Infekt bis zur Pylorusstenose, hatte nicht das Geringste mit seinem Gehirn zu tun. Er nimmt die Kinderkrankheiten mit, gegen die man nicht impfen kann und die er und seine Schwestern mit nach Hause bringen, das ist alles.

Wir lassen regelmäßig seine Wachstumshormone überprüfen, wie es uns der Kinderarzt kurz nach Jans Geburt empfohlen hatte. Allerdings vergrößern wir die Abstände inzwischen deutlich, denn unser Sohn ist so ein Riesenzwerg, dass eine Wachstumsverzögerung auch für den Laien als ausgeschlossen anzunehmen ist.

Empfehlungen für den Umgang mit der Diagnose

Sollten Sie, liebe Leserin und lieber Leser, dieses Buch nicht aus reiner Neugier und Interesse lesen, sondern weil Sie mit Ihrem Kind, so wie wir, von der Diagnose isolierter Balkenmangel betroffen sind, so würde ich Ihnen gern ein paar Empfehlungen mit auf den Weg geben, der jetzt vor Ihnen liegt.

Die erste und für alle Beteiligten wichtigste Empfehlung lautet, dass Sie sich nicht unter Zeitdruck setzen lassen. Der große Organ-Ultraschall, bei dem der Balkenmangel auffällt, falls er überhaupt auffällt, findet um die Mitte der Schwangerschaft statt, in der 21. oder 22. Schwangerschaftswoche. Spätabbrüche werden in Deutschland meist nur bis zum Ende der 22. Woche durchgeführt. Mit diesem Argument wurden auch wir unter Druck gesetzt. Die genaue Diagnostik des Ungeborenen nimmt jedoch einige Zeit in Anspruch. Geben Sie sich und Ihrem Baby diese Zeit. Sollte es wirklich schwer krank sein oder unter einem Gendefekt mit weiteren Fehlbildungen leiden, können Sie, falls Sie sich für den Abbruch entscheiden, diesen unter bestimmten Voraussetzungen immer noch durchführen lassen. Eine Ethik-Kommission entscheidet dann.

Sollte Ihr Baby genetisch gesund sein und außer dem Balkenmangel keine weiteren Auffälligkeiten haben, so wie unser Junge, hören Sie auf Ihren Bauch. Das meine ich wörtlich. Lassen Sie den Schock der Diagnose und die Ängste der nachfolgenden Untersuchungen sich setzen und fragen Sie sich, wie Sie mit einer Entscheidung für oder gegen Ihr Kind zurecht kommen würden. Können Sie mit den Ängsten, vielleicht doch ein behindertes, nicht »normales« Kind zu bekommen, umgehen, sie vielleicht sogar abschalten, nachdem Sie wissen, dass es »nur« der Balken ist? Können Sie sich ein Leben mit einem solchen Kind vorstellen? Wie würde Ihr Leben aussehen, was würde sich verändern, was bliebe gleich? Wo bekämen Sie Hilfe und Unterstützung? Uns wurde für den Fall, dass Jan Probleme hätte, das sozial-pädiatrische Zentrum der örtlichen Uniklinik empfohlen.

Wie würde es Ihnen gehen, wenn Sie sich gegen Ihr Kind entschieden? Könnten Sie die Prozedur des Spätabbruchs durchstehen? Wie ginge es Ihnen danach? Könnten Sie Ihre Entscheidung als rational richtig akzeptieren und so damit abschließen? Oder würden Sie sich für den Rest ihres Lebens mit Schuldgefühlen quälen und sich fragen, wie Ihr Kind jetzt wohl aussähe, was es gerade tun würde, ob es nicht wie jedes andere Kind seines Alters auf dem Spielplatz toben, in der Schule über Mathe brüten oder beschwipst von der Party mit Freunden heimkommen würde.

Was wäre für Sie, und nur für Sie, nicht die Verwandtschaft, nicht die Freunde, Nachbarn und Arbeitskollegen, die weniger schmerzhafte Alternative, ein – unter Umständen – behindertes Kind zu haben oder die Entscheidung getroffen zu haben, dieses Kind nicht zu bekommen.

Beziehen Sie Ihr Ungeborenes mit ein. Horchen Sie in Ihren Bauch und spüren Sie Ihr Baby. Vertrauen Sie Ihrem Gefühl, das Ihnen sagt, ob mit Ihrem Kind alles in Ordnung ist oder doch nicht, und hören Sie auf die Signale und Zeichen, die Ihr Baby Ihnen sendet. Wenn dies nicht Ihre erste Schwangerschaft ist, haben Sie einen Vergleich. Sie wissen, ob sich Ihr Baby normal bewegt, ob und wann es schläft, ob es all das tut, was Ihre anderen Kinder auch getan haben, oder ob es sich anders verhält. Sollten Sie verunsichert sein oder Ihr erstes Kind erwarten, holen Sie sich Rat und Hilfe bei Ihrem behandelnden Frauenarzt oder Ihrer Frauenärztin, der oder die Sie in der Schwangerschaft betreut und auch schon vor der Diagnose betreut hat. Ist denen etwas an Ihrem Baby aufgefallen oder war alles immer im grünen Bereich? Sprechen Sie mit Ihrer Hebamme. Falls sie noch sehr jung sein sollte, fragen Sie doch auch noch eine ältere Kollegin, die schon sehr viel Erfahrung hat und vielleicht schon einmal eine Mutter mit Balkenkind durch die Schwangerschaft und Säuglingszeit begleitet hat.

Besorgen Sie sich alle Informationen, die Sie brauchen und haben möchten, und lassen Sie sich von niemandem in Ihre ganz persönliche Entscheidung hineinreden. Sie sind die Eltern Ihres Babys, Sie tragen die Verantwortung für Ihre Familie und deren Wohlergehen. Niemand sonst.

Sollten Sie sich zu einem Abbruch entschlossen haben und feststellen, dass Sie es doch nicht wollen oder können, wenn es soweit ist, dann tun Sie es nicht. Nur ein Abbruch, der bereits im Gange ist, kann nicht mehr gestoppt werden. Ist noch nichts passiert, stehen Sie im Zweifelsfall auch im OP-Hemd noch auf und sagen Sie, dass Sie Ihre Meinung geändert haben. Ich weiß von einer Frau, die ein Kind mit Down-Syndrom erwartete und das mehrfach durchgezogen hat. Die Kleine ist inzwischen über ein Jahr alt.

Ein ganz wichtiger Rat im Zeitalter von Internet und digitalem Wissen ist, sich bei Fragen an Ihre betreuenden Spezialisten zu wenden und nicht im Netz drauflos zu recherchieren. Ich erinnere in dem Zusammenhang an die Netz-Auskunft, Balkenkinder hätten ein erhöhtes Epilepsie-Risiko. Keiner unserer betreuenden Ärzte konnte das bestätigen. Die Information war falsch.

Stellen Sie im Zuge des Entscheidungsprozesses eine Übersicht zusammen mit all den Informationen und Befunden, die Sie zu Ihrer Entscheidung gebracht haben. Ergänzen Sie diese Übersicht, wenn Sie auf weitere Informationen stoßen.

Haben Sie sich für einen Abbruch entschieden, kann Ihnen das Material vielleicht durch die schwere Zeit danach helfen, indem es Ihnen immer wieder zeigt, dass Sie Ihre Entscheidung begründet getroffen haben.

Wenn Sie Ihr Baby behalten, helfen Ihnen die Informationen durch die Phasen hindurch, in denen Sie ängstlich sind und sich vor dem fürchten, was auf Sie zukommen könnte. Lesen Sie die Befunde und all das Material, das Sie gesammelt haben. Es gibt sehr viel Mutmachendes zum Thema isolierter Balkenmangel. Einiges davon habe ich versucht, in diesen Erfahrungsbericht einzuarbeiten.

Vielleicht ist aber auch die Vorgehensweise für Sie die richtige, die uns die Genetikerin vorgeschlagen hatte. Kommt ein Abbruch für Sie unter keinen Umständen in Frage, unterlassen Sie einfach jede weitere Diagnostik und vertrauen auf Gott. Er wird Ihnen ein Baby schenken, das Sie lieben und beschützen werden, ganz egal, ob es gesund ist oder nicht. Und er wird Ihrem Baby Eltern schenken, die es bedingungslos annehmen und lieben und ihm damit die beste Grundlage geben, sich unter seinen individuellen Voraussetzungen so gut zu entwickeln, wie es kann.

Nachdem Ihr Baby geboren ist, versuchen Sie, es ganz normal zu behandeln. Nehmen Sie die Vorsorgeuntersuchungen wahr, vertrauen Sie darauf, dass Ihr Kinderarzt es bemerkt, wenn Ihr Kleines Defizite hat oder entwickelt, und dass man sehr Vieles durch Frühförderung und gezielte Physiotherapie beheben kann, wenn man muss. Wenn nicht, freuen Sie sich über Ihr Balkenkind, das seine Diagnose so offensichtlich ignoriert und ohne Balken hervorragend zurecht kommt. Beschäftigen Sie sich mit ihrem Baby und vertrauen Sie darauf, dass es sich gut entwickelt. Es kam schon ohne Balken zu Welt, und sein Gehirn wird sich mit der ihm eigenen Elastizität und Flexibilität an diese Besonderheit anpassen und andere Verbindungen zwischen rechter und linker Hirnhälfte hervorbringen.

Erzählen Sie niemandem von der Diagnose Ihres Kindes. Per Definition ist der Balkenmangel eine Hirnfehlbildung und als solche durchaus geeignet, die Schul- und Bildungslaufbahn Ihres Kindes nachhaltig zu beeinträchtigen. Amtsärzte wissen in der Regel nichts oder kaum etwas über die Auswirkungen des Phänomens bzw. die Tatsache, dass viele betroffene Kinder sich ganz normal entwickeln und normal intelligent sind. Ihr Kind auf eine Regelschule klagen zu müssen, ist sicher vermeidbar.

Auch Lehrer und Erzieher haben vom Balkenmangel keine Ahnung und neigen daher zu Vorurteilen, wenn sie darüber informiert werden. Sollte Ihr Kind Schwierigkeiten in der Schule haben, werden Sie es erfahren. Ob das dann mit dem Balkenmangel zu tun hat, ist eine völlig andere Frage. Wahrscheinlich nicht, denn sonst säßen in jeder Schulklasse einige Balkenlose. Und im Lehrerzimmer vermutlich auch.

Gehen Sie also die Schwierigkeiten an, aber behalten Sie die Diagnose für sich.

Wenn Sie, so wie ich, jemanden zum Reden brauchen, überlegen Sie genau, wem aus Ihrem Umfeld sie hundertprozentig vertrauen können, auf wessen Verschwiegenheit Sie sich absolut verlassen können. Ist das Geheimnis einmal ausgeplaudert, ist der Schaden angerichtet.

Überlegen Sie sich in diesem Zusammenhang auch, wann Sie Ihrem Kind von seiner Besonderheit erzählen wollen. Wann ist es reif genug, damit umgehen zu können und im eigenen Interesse den Mund zu halten. Wenn es gesund ist, gibt es eigentlich keinen Grund, ihm von seiner Diagnose zu erzählen, bevor es selbst Kinder haben möchte. Uns sind zwar keinerlei Informationen untergekommen, dass der Balkenmangel eine erbliche Komponente hätte – und wir Eltern haben auch keinen – aber sollte er bei den Enkeln doch wieder auftreten, kann Ihr gesundes Kind die Tragweite der Diagnose viel besser einschätzen und Sie ersparen ihm den Kummer, den Sie selbst hatten.

Literatur

1. Flugblatt des Kindernetzwerk e.V., Krankheitsübersicht Balkendefekte, zusammengestellt von Prof. Dr. Gerhard Neuhäuser, Gießen
»Balkendefekte [...] können aber auch isoliert auftreten und keine Erscheinungen verursachen.« (Seite 3)
»Bei angeborenem Balkendefekt ohne sonstige Veränderungen am Gehirn ist ein Ausgleich auch durch andere Kommissuren sowie durch so genannte Probst'sche Bündel möglich.« (Seite 4)
»Bei isoliertem Balkenmangel ist die Prognose nicht beeinträchtigt.« (Seite 5)

2. Genetische Diagnostik in Geburtshilfe und Gynäkologie. Ein Leitfaden für Klinik und Praxis, von G. Tariverdian und M. Paul, Springer 1999, Seite 376: »Die Prognose der isolierten CCA (Corpus Callosum Agenesie = Balkenmangel, Anm. d. Aut.) ist gut. (...) Eine Veränderung des normalen Vorgehens während Schwangerschaft und Geburt ist bei isolierter CCA nicht notwendig.«

3. Sonographische Fehlbildungsdiagnostik: Lehratlas der fetalen Ultraschalluntersuchung, hrsg. von Michael Entezami, Georg Thieme Verlag 2001
Seite 29: »(...) wenn isoliert, häufig symptomlos«
Seite 30: »Vorgehen nach der Geburt: Bei isoliertem Balkenmangel sind postnatal *keine neurologischen Auffälligkeiten* zu erwarten.« (Hervorhebung im Buch, Anm. d. Aut.)
Seite 33: »Die isolierte Balkenagenesie bleibt zumeist asymptomatisch, (...). Wissenswertes für die Patientin: Bis zu einem Prozent aller Erwachsenen hat einen angeborenen Balkenmangel, in der Regel, ohne etwas davon zu wissen oder zu bemerken. Wenn begleitende Fehlbildungen ausgeschlossen sind, ist die Prognose für die geistige Entwicklung unbeeinträchtigt.«